KONO
SUBARASHII
SEKAI NI
SYUKUFUKU
WO!
この素晴らしい世界に祝福を!
よりみち
YORIMICHI!
3回目!
JN103966

めぐみん
「フハハハハハハハ、これは我が真なる力が覚醒したのだ！」

「ちょっとあんた
何やったのよおおおおおおお！」
ゆんゆん

「ご主人様はお前だ、カズマ！
この私、ダスティネス・フォード・ララティーナは
サトウカズマに隷属する！」
ダクネス

カズマ
「コイツとうとう
やりやがった！」
「この子って本当に
どうしてこうなの!?」
クリス

「バニルさんと本気で戦うのは、
私が人間だった頃以来ですね」
ウィズ

「うむ。
あの頃の汝は誇り高く
勇気に満ちた、
最高の冒険者であった」
バニル

この素晴らしい世界に祝福を! よりみち 3回目

YORIMICHI!

CONTENTS

KONO SUBARASHII SEKAI NI SYUKUFUKU WO! YO RI MI CHI! 3kaime

口絵・本文イラスト／三嶋くろね
口絵・本文デザイン／モンマ蚕十松浦リョウスケ（ムシカゴグラフィクス）

この素晴らしい世界に祝福を！ よりみち３回目！

暁 なつめ

角川スニーカー文庫

23841

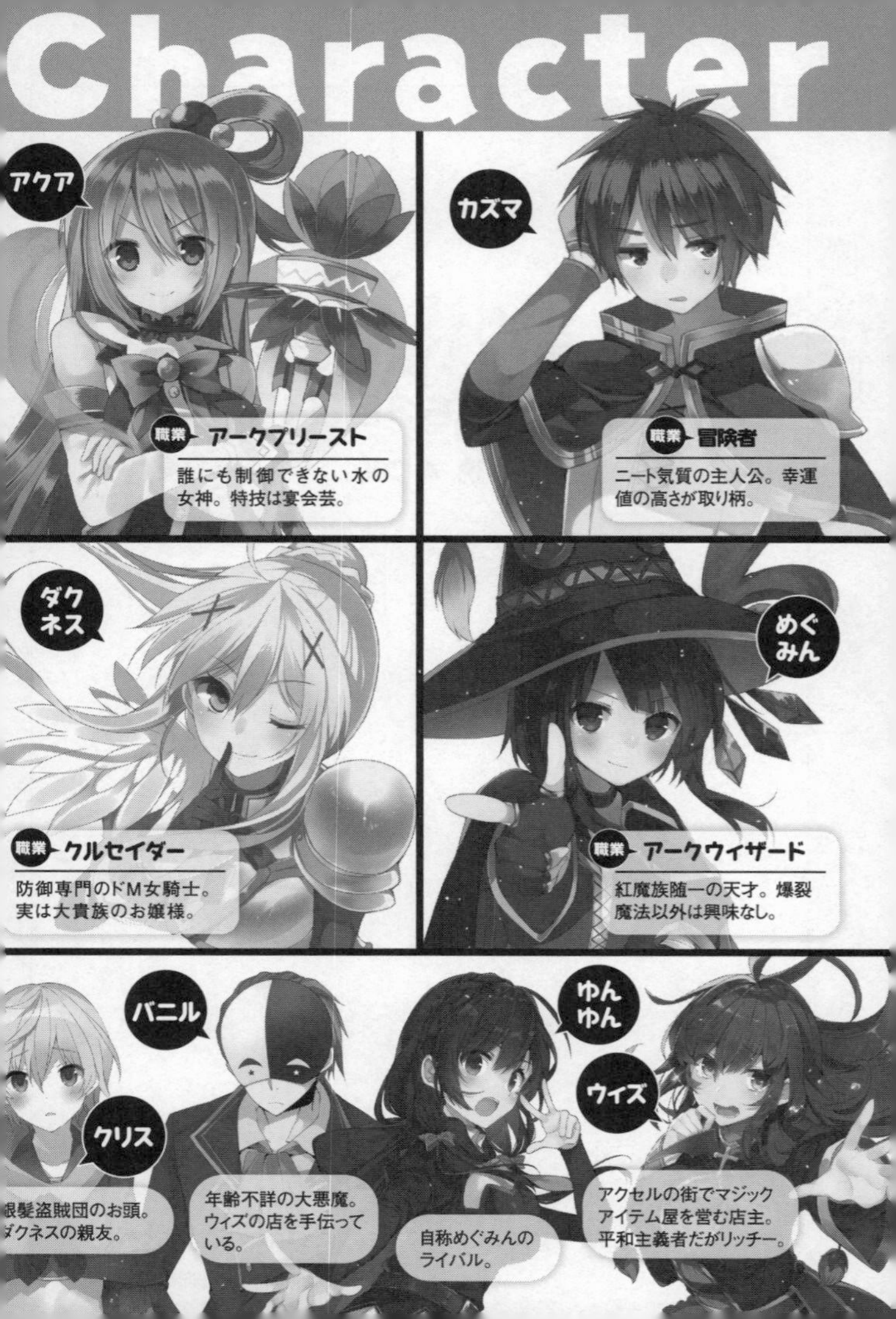

Character

ダクネス

職業 クルセイダー

防御専門のドM女騎士。実は大貴族のお嬢様。

めぐみん

職業 アークウィザード

紅魔族随一の天才。爆裂魔法以外は興味なし。

クリス

髪盗賊団のお頭。ダクネスの親友。

バニル

年齢不詳の大悪魔。ウィズの店を手伝っている。

ゆんゆん

自称めぐみんのライバル。

ウィズ

アクセルの街でマジックアイテム屋を営む店主。平和主義者だがリッチー。

レッドイービルデーモンズ！

1

俺達がアクセルの街に居を構え、そこそこの月日が流れた。

この世界にやって来た頃は莫大な借金を抱えたものだが、今ではそれも返済し終え、平穏な日常生活を送っている。

「旅に出ようと思うの」

そんな平穏な日常を投げ捨てるような事をのたまうアクアに、俺はソファーにだらしなく寝そべりながら口を開いた。

「旅に出るのはいいけどさ。お前、明日は料理当番だっただろ」

いつもの屋敷のいつもの日常。

こんなに平和でいられているのに余計な事はしないで欲しい。

「大丈夫よ、今日の晩ご飯までには帰ってくるから」

それは旅じゃなくピクニックって言うんだぞ。

「それで、どうせ一人じゃ怖いから俺達も付いて来いってんだろ？」

コイツの天敵であるカエルをはじめ外は危険で一杯だ。

根っこのところが臆病なアクアの事だ、どうせいつものように俺達に……。

「今日はダクネスだけでいいわ。カズマとめぐみんは不合格ね」

…………。

「よし、めぐみんは逃げられないように玄関を押さえろ。コイツ、ちょっとばかり平穏な毎日が続いたせいで、調子に乗ると痛い目に遭うって事を忘れてやがる」

「いいでしょう。人様を不合格呼ばわりするとどうなるか、その身に思い知らせてやりましょう」

「二人とも、ちょっとだけ余計な事言ったのは謝るわ。ごめんね？　でも仕方ないじゃない、カズマさんは強欲で、めぐみんは目を離した隙に爆裂するもの」

ちっとも謝る気がないのは理解した。

アクアを逃がすまいとめぐみんが玄関前に陣取る中、俺は服の袖をまくりながらどんな目に遭わせてくれようかとにじり寄る。

「わあああああダクネス助けて！　特に悪い事した覚えもないのに、二人が酷い事しようとするの！」

「い、いや、台所まで聞こえていたが、不合格や強欲呼ばわりは悪い事だぞ……」

アクアに助けを求められ、ティーセットを手にしたダクネスが困惑顔で現れた。

ダクネスが皆のカップにお茶を淹れるのを横目にしながら一応尋ねる。

「で、お前がピクニックに行くのは分かったけど、その目的は何なんだ？」

「ピクニックじゃなくて旅よ旅。変な形の石を拾いに行くの。この辺の川は軒並み探し尽くしちゃったから、山の上の川まで遠征するのよ」

ものすごくどうでもいい旅の目的だった。

「一緒に連れて行ってあげたいけれど、カズマさんは私が良い感じの石を見付けたら横取りしそうじゃない？　そして短気なめぐみんは、石拾いなんて細かい事は出来そうにないし、暇を持て余して山に爆裂魔法を撃ちそうだもの」

残念ながら俺にガラクタを集める趣味は無いが、めぐみんについてはあり得そうだ。

現に玄関前に陣取っていた本人がふいっと目を逸らしていた。

「そうか。俺とめぐみんは家にいるから泣かされる前に帰って来いよ」

「ダクネス、アクアは任せましたよ。モンスターに遭ったら素直に逃げてくださいね？」

「待ってくれ、私が付き合わされるのは確定なのか!?　嫌な予感しかしないのだが！」

お茶を飲んでいたダクネスが慌てて抗議するも、アクアがその手を掴んで立ち上がる。

「プリーストを守るのはクルセイダーのお仕事でしょう？　ほら、晩ご飯までに帰りたいからさっさと行くわよ！」

「ま、待てアクア！　行くなら行くで、せめて鎧を……！」

家に残された俺とめぐみんは、絶対に無事で済まないだろうアクアと、それに引っ張っていかれるダクネスを見送った――

2

めぐみんが店のドアを押し開く。

「遊びに来ましたよー」

ここはリッチーと悪魔が経営するウィズ魔道具店。

アクアを見送って暇を持て余していた俺達は、何か面白い物がないかとウィズの店に遊びに来たのだが――

「いらっしゃいませめぐみんさん、カズマさん。バニルさんも出掛けていて、ちょうど退屈していたところなんですよ」

笑顔のウィズに迎えられて店内を見れば、確かにバイト仮面の姿が無い。

散財する店主を支えるため、今日もどこかで金儲けにいそしんでいるのだろう。

「今お茶を淹れますからぜひ商品を見ていってくださいね」

「おっ、ありがとう。それじゃあ色々見させてもらうよ」

最近では魔道具店なのか喫茶店なのか分からなくなってきたが、ウィズがかいがいしくお茶を淹れてくれる間に商品棚を眺めていく。

と、めぐみんが棚に置かれていた紅い石を手に取った。

コイツもかろうじて女の子だ、こういう宝石みたいな物に興味があるお年頃なのだろう。

「ウィズ、この『禁じられたクリムゾンブラッドストーン』というのは何ですか？　淡い紅色が綺麗ですが、一体どんな禁じられた効果が!?」

どうやら石の色合いと名前が琴線に触れただけらしい。

目を輝かせて問うめぐみんに、ウィズが小首を傾げて言ってきた。

「ああ、それはアクア様が拾ってきた紅い石にバニルさんが名前を付けた物ですね。ただの石なので何の効果もありませんが、バニルさんいわく、仰々しく棚に置いておくだけで紅魔族が買っていくであろう、と……」

それを聞いためぐみんが石をゴミ箱に捨てようとするのを止めていると、

「ちなみにゆんゆんさんが、里のお土産用に幾つか買っていかれましたよ」

「あの子は何を買っているのですか！　確かに私もちょっと欲しいとは思いましたが！」

紅魔族の生態も見通すバニルは置いておき、店内を眺めていた俺はある物を手に取った。

「なあ、この指輪は何だ？　商品の名前や説明書きも無ければ、値札すら付いてないけど」

俺が見付けたのは黒くて何だか禍々しくて趣味の悪い指輪だった。

棚ではなく机の端に置かれていた事から商品ではないのかもしれないが。

「それは……ちょっと見覚えがありませんね。バニルさんが仕入れた物だと思うのですが、見せてもらってもいいですか？」

ウィズに指輪を手渡すと、虫眼鏡みたいな魔道具を使って商品の鑑定を始めた。

指輪を手のひらに置いてしげしげと眺めていたウィズがだんだん険しい顔になる。

「この指輪の名前は『デーモンリング』のようですね。強力な呪いがかかっています。これを身につけた者は強大な闇の力を得られる代わりに、何らかの代償を支払う事になりそうです。バニルさんは、どうしてこんな危ない物を……」

と、ウィズが最後まで言い終える前に、手の上の指輪がスッと摘まれた。

呪われたその指輪は一切の迷いもなくめぐみんの薬指に……、

「おおおおおおい！　おまっ、お前いきなり何やってんだ！」

「めぐみんさん!?　それは呪いのアイテムですよ!?」

薬指にはめられた黒い指輪を頭上に掲げ、めぐみんは瞳を紅く輝かせて魅せられたように眺めている。

「強大な闇の力が手に入ると聞いて、これを身につけない紅魔族など居るわけがありませんとも！　さあ、邪悪なるデーモンリングよ！　その力を我に示せ！」

「示させねーよ、紅魔族にこんな中二アイテム持たせてたまるか！　こらっ、抵抗すんな、指輪を出せ！」

俺が指輪を奪い取ろうとすると、めぐみんは亀のように丸くなり指輪をはめた手を腹に隠す。

「カズマも闇の力に魅せられたのですね！　でもダメですよ、こういう物は早い者勝ちです！　私が力に飽きるまでは渡せませんから！」

「誰がそんな物欲しいっつった！　コイツ、指輪にかこつけてあちこちまさぐり回してやろうか！」

──と、亀の子になっためぐみんをひっくり返そうとしていた、その時だった。

店のドアが開くと共に、人を小馬鹿にしたような声が聞こえてくる。

「何を騒いでいるのだ、ネタ種娘にネタ職小僧よ。店の外まで聞こえているぞ」

売上の集金でもしてきたのか、上機嫌のバニルが金の詰まった袋を手に現れた。

というか、俺だって好きで冒険者なんて最弱職に就いているわけではないので、紅魔族と同列に扱うのは止めて欲しい。

「バニルさん、お帰りなさい！　というか、バニルさんの商品のせいでめぐみんさんが大変な事に……！」

「我輩の商品だと？　横領店主の使い込みのせいで商品の仕入れすらままならない状況で何を言うか。この、先ほど回収してきた売掛金でようやくまともな商品が……」

と、バニルはそこまで言いかけ、床上で丸まるめぐみんを見て固まった。

この見通す悪魔はめぐみんが何を腹に隠しているのかを見抜いたようだ。

「こ、この大たわけ娘が！　貴様、デーモンリングを身につけたのか！」

丸まっていためぐみんは顔だけをこちらに向けて、

「何ですか、魔道具店に置いてあるマジックアイテムを身につけて何が悪いんですか！　代金はちゃんとカズマが支払います、それなら文句は無いでしょう！」

「無いわけあるかスカポン娘め！　わざわざ地獄から取り寄せたそのレアアイテムは既に卸し先が決まっているのだ！　契約にうるさい悪魔に約束を破らせる気か！」

「俺だって文句があるぞ。そんな危なそうな中二アイテムに金なんて出さないからな」

自らの不利を悟ったのか、めぐみんがようやく立ち上がり、

「仕方ありませんね、今日のところは諦めましょう。ですがこのデーモンリングには私こそが相応しいと宣言しておきます」

そんな捨て台詞と共に、割と素直に指輪をはめた手を差し出してきた。

俺は指輪を抜こうとその手を取って――

「……抜けないんだけど」

「なんと！　つまりこの指輪が私を主と認めたのですね。私以外につけられたくないと、こうして自己主張しているのです。やれやれ、こうなってしまっては仕方がありませんね。カズマは払ってくれないらしいので、私の毎月のお小遣いから分割で……」

そういえばこの指輪は呪われているとか言っていたが、コイツは外せない事を見越して殊勝な態度を取ったのだろう。

白々しい小芝居をするめぐみんに、バニルが言った。

「呪われた指輪は当然呪われているので普通は外せぬ。だが、今の状況でも一つだけ方法があるぞ」

「ほ、ほう？　その方法とやらに心当たりがありますよ。高レベルのアークプリーストであれば呪いを解く事が出来ますからね。ですが残念な事にアクアはお出掛け中です！」

だがバニルは首を振り。

「ウィズ、冒険者ギルドから暇そうなプリーストを呼んできてくれ。ちょん切って指輪を外したあと、ヒールで繋げてもらうとしよう」

「ええっ⁉」

「まま待ってください、それは悪魔の発想ですよ！　カズマも何とか言ってください！」

青い顔で後退るめぐみんに、俺は助け船を出してやる。

「しょうがねえなあ……。ウィズ、店の奥を貸してくれ。そこで指輪が外れるまでスティールしてやる。呪いにスティールが効くのか分からないけど、物は試しだ」

「効きませんよそんなもの、私がすっぽんぽんになる未来が見通せます！　ごめんなさい、調子に乗ったのは謝るのでアクアが帰るまで待ってください！」

３

街の正門をくぐりながら、めぐみんが愚痴をこぼした。

「まったく、いたいけな少女を相手に二人がかりとはあんまりですよ」

「お前がアホな事言って指輪をせしめようとするからだろ。つーかそれ、呪われてるんだぞ？　どうして呪いのアイテムなんて欲しがるんだよ」

バニルは力の代償が何なのか教えてくれなかったが、どうせろくなもんじゃないはずだ。

コイツはただでさえ一日一発しか撃てない代償と中二の呪いを抱えてるのに、これ以上ネタキャラと化されては困るのだ。

まあ、とはいえ……。

「でもカズマも、なんだかんだ言いながら指輪の力は気になるのでしょう？　そうでなければこうして付いてきたりしませんよね？」

「いやまあ、そりゃあ……。バニルがあれだけレアだの言うアイテムだしな」

アクアが帰ってくるまで指輪はめぐみんに預けられた。

バニルからはくれぐれもいらん事するなよと釘を刺されたが、そんな言葉に耳を貸すならコイツはめぐみんやってない。

「というわけで、我らの天敵であるカエルに闇の力を試してみましょう。代償という物が何かは分かりませんが、絶大な力にはリスクが付きものですからね」

「既に絶大なリスクを抱えてるお前が言うと説得力があるな」

俺はめぐみんにバシバシと背中を叩かれながらカエルを探す。

今は二人しかいないので相手に出来る限度は一匹、それ以上だと両方食われる。

俺は警戒しながら辺りを見回し、敵感知スキルを発動させた。

――カエルを探し始めてほどなくして、スキルに敵の反応が。

「この先の丘に一匹居るな。どうだ、指輪の力は引き出せそうか？」

「先ほどから身体の奥から魔力が迸るのを感じ取れます。今なら何かが出来そうです！」

めぐみんが嫌な予感しかしない事を口にし出すが、闇の力とやらが役に立たなければコイツが食われてる間に仕留めればいい。

と、そんな事を考えているうちにカエルも俺達に気付いたようだ。

「来るぞ！　行け、めぐみん！　お前の真の力を見せてみろ！」

「くっ、両眼が疼く……！　感じる、我が魔眼に闇の力が集まるのを……！」

こちらに向かって飛び跳ねてくる巨大なカエルに、変なポーズを取っためぐみんが眼帯を投げ捨てた。

「闇の力の真髄を見るがいい！　これぞ覚醒し我があああああああああああああああ!?」

めぐみんの眼から黒い電撃のような光線が発射され、それを食らったカエルは体をビクリと震わせひっくり返る。

爆裂魔法の威力とは比べるまでもないが、その電撃光線は一撃でカエルを葬り去った。

「凄いぞめぐみん！　お前の眼ビームでカエルが感電して動かなくなったぞ！」

「目があああああああああああああああ！」

両目を押さえてゴロゴロと転がるめぐみんに、

「しかし、痛みで連射が出来ないのはいただけないな。サングラス的な物を掛けたら眼球へのダメージは減らせないかな？」

「冷静に分析してないで助けてください！　この力は代償が大き過ぎます！」

両目を手で覆いフリーズで冷やしてやると、めぐみんは多少は痛みが収まったのか、自らの戦果を確認した。

「爆裂魔法に慣れた身としてはちょっと物足りない威力ですね。まあ、お手軽に発射出来るのは便利ですが」

「俺としては、日に何度も撃てるならビームの方がありがたいんだけど」

俺の意見を聞き流し、めぐみんが指輪を掲げて首を傾げる。

「この指輪を見ていると、他にも何か出来そうな気がするのですが……」

そう言って、めぐみんが何気なく俺の方を見たその時だった。

めぐみんの右眼が紅く輝き、それと同時に俺の体が動かなくなる。

「ッッ!?　おいめぐみん、何しやがった！　なんか体が動かないんだけど！」

力を無自覚に使ったのか一瞬驚きの表情を浮かべためぐみんは、やがて勝ち誇ったような笑みを浮かべるとバサッとマントを翻す。

「これこそは我が呪縛の魔眼！　さあカズマ、自由が欲しくば誓うがいい！　そう、闇の眷属たるこの我に永遠の忠誠を！」

「自由になったら覚えてろよ。あとで泣いて謝っても遅いからな」

調子に乗りまくっていためぐみんが俺の言葉にビクッと震える。

だが刹那的な人生観を持つこの紅魔族は、未来の破滅より今の愉悦を選んだらしい。

「おやカズマ、この状況でそんな事を言っていいのですか？　私がその気になれば」

めぐみんが最後まで言い終える前に俺は叫んだ。

「俺がお婿に行けないようなイタズラをするって言うのか！　くっ、たとえ体を自由にされても、心まで奪えるだなんて思うなよ！」

「ダクネスみたいな事言わないでください！　ちょっとくすぐってやろうかと思っただけで、さすがにそんな事しませんよ！」

とその時、俺の敵感知スキルに反応があった。

目だけを動かし視線を向ければ、先ほどめぐみんがビームを放った場所が徐々に盛り上がりを見せている。

「おいめぐみん、呪縛を解け！　お前の後ろにカエルが湧いたぞ！」

「おっと、その手には乗りませんよ。そんな事を言って呪縛を解いたら酷い目に遭わせる気なのでしょう？　絶対に逆襲しないと約束してくれるなら解いてあげます」

先ほどは強がっていたが、実は脅しが効いていたらしいめぐみんの後ろでカエルが姿を現した。

地上に這い出したカエルの視線は俺と向かい合うめぐみんへと向けられている。

めぐみんは、年相応の子供みたいな顔で微笑むと。

「私も調子に乗り過ぎました、呪縛を解くので仲直りしましょう？　カズマはこんな事を根に持つような小さな人間じゃありませんよね？　さあ、これで仲直……」

4

無事にカエルを倒した俺はめぐみんと共に、討伐報酬とカエル肉換金のため冒険者ギルドへと向かっていた。

「本当にカエルが居るならもっと本気で言ってくださいよ。カズマは日頃から口先でちょろまかしてくるので、てっきり今回もその類いかと……」

カエルの目の前で俺をなだめていためぐみんは当然の事ながら餌になった。

風呂でカエル汁を落としたおかげで、愚痴を零すめぐみんはしっとりしている。

「おっと、俺をオオカミ少年みたく言うんじゃない。闇の力に呑まれたお前が悪いんだぞ」

「その、闇の力に呑まれるというフレーズは良いですね。しかし爆裂魔法を制御する私からすれば、この程度の力に屈する事など……」

と、めぐみんがそんな事を言いながら冒険者ギルドのドアを開けると、ゆんゆんとバッタリ遭遇した。

一瞬驚きの表情を浮かべたゆんゆんは、何か言いたそうにソワソワしている。

どうやらめぐみんに絡みたいようだが、俺と一緒に居る事で仕事の邪魔にならないかと遠慮しているようだ。

俺はゆんゆんに手のひらを向け、

「どうぞ」

「こんなところで奇遇ねめぐみん！　こうして顔を合わせたのも何かの定め！　さあ、今日こそ決着をつけるわよ！」

「どうぞじゃありませんよカズマ、面倒臭いのでけしかけないでください！」

恒例の儀式を終え幸せそうなゆんゆんに、めぐみんが鬱陶しそうにシッシと手を振る。

だがここは冒険者という暇人がたむろする冒険者ギルド。

こんな面白そうな見世物をこのまま放っておくわけがなかった。

「おっ、紅魔族（真）と紅魔族（笑）の対決だ！」

「ゆんゆんさんとめぐみんさんかー。内容にもよるけど、小狡い事されなければゆんゆんさんよね？」

「俺は喧嘩慣れしてるめぐみん一択だな。アイツ絶対魔法使いじゃねえよ、冒険者と口論になると二分と持たず殴りかかってくるんだぜ」

「めぐみんが喧嘩に強いのは、高いレベルと紅魔族の高ステータスでゴリ押しするからだろ。それならゆんゆんさんも条件は同じはずだ」

　冒険者達は対峙する二人をよそにどっちが勝つかを推測しだした。

　その内の一人の冒険者が酒を片手に隣に立つと、

「なあ、付き合いが長いカズマならどっちに賭ける？」

「俺の見立てではレベル差は互角に近く、発育具合による体格差はゆんゆんにかなりの分がある。そして、負けん気や根性といった精神面ではめぐみんだな。だが……」

　勿体ぶった物言いで、俺は冒険者に断言した。

「めぐみんは短気な上にカッとなるとバカになる。人類の最大の武器は知恵だろう？　つまり、理性と知性の差でゆんゆんだ」

「なるほど、一々納得出来るな」

「さっきから外野がうるさいですよ！　人を獣のように言うのは止めてもらおう！」

　ワイワイと考察する俺達に、めぐみんがカッと吠えると身構えた。

「ここで勝負を受けないと、逃げたと思われそうで何だか癪です！　魔眼の力を思い知れ！　バインドオブ・レッドアイズ！」

「!?」

めぐみんはカッと眼を見開くと不意討ちの呪縛を食らわせる。

いつもの中二病な発言に野次馬がケラケラと笑い合うも、皆、ゆんゆんの様子がおかしい事に気が付いた。

「う、動けない……ッ!?」

固まったまま呻くゆんゆんにその場の皆が騒ぎ出す。

「ど、どうしたんだゆんゆんさん？　同郷人だからってそこまで付き合ってやる必要はないと思うぞ？」

「案外ノリがいいなゆんゆんさん」

「あたし、ゆんゆんさんは唯一まともな紅魔族だと思ってたのに……」

「ち、ちが……っ！　ほ、本当に動けなくて！」

ゆんゆんが泣きそうな顔で弁明する中、めぐみんが勝ち誇った顔で笑い出した。

「フハハハハハハ、これは我が真なる力が覚醒したのだ！　これでもう私の事を、アクセル一の痛い子ちゃんだのと呼ばせませんよ！」

「普段そういう事言われても一切気にしないヤツだと思ってたけど、実はちょっと根に持ってたのか」

俺のツッコミにちょっとだけ顔を赤らめながら、めぐみんが冒険者の少女をジッと見る。

「皆に嘘ではない証拠をお見せしましょうか。バインドオブ・レッドアイズ！」

「……えっ⁉　ちょ、ちょっと待って、あたしも身動き取れないんだけど！」

呪縛の魔眼で固まった冒険者が騒ぐのを見て、野次馬達が顔色を蒼くして後退った。

「……えっ、マジで？　本当にめぐみんが覚醒したのか？」

「紅魔族なら案外そういう事が起こりそうだしなあ……」

「カズマのパーティーなのに、まさか普通に使えるヤツが現れたってのか……⁉　そんなのカズマパーティーじゃねえだろ……！」

「爆裂魔法以外役立たずなのがめぐみんの持ち味だろ⁉　お前めぐみん辞めんのかよ⁉」

「バインドオブ・レッドアイズ！　バインドオブ・レッドアイズ‼」

俺のパーティーなのにって何なんだと内心憤るが、余計な事を言った二人を呪縛しためぐみんは、ざわめきを聞きながらゆんゆんへと近付いた。

「さあゆんゆん、覚悟はいいですか？　この大衆の面前で、今こそどちらが上かを知らしめてやろうではありませんか！」

「ま、待って⁉　こんなのズルい！　魔眼なんて聞いてないし、不意討ちだし！」

身動き取れないゆんゆんが半泣きで訴えるが、それはいじめっ子気質なめぐみんの琴線を刺激したらしい。

「フハハハハ！　負けを認め、今後は私をさん付けで呼ぶのであれば赦してあげます！　さもなくば念入りに呪縛の魔眼をかけ続け、このままギルドの置物にしてくれる！」

「ああああああああ！　み、認めない！　こんなの絶対認めないからあああああああああ！　……えっ？」

ゆんゆんが泣き叫び、めぐみんの魔眼が光ったその時だった。

めぐみんの帽子が何かに押されるように盛り上がり、ギルドの床にパサッと落ちる。

「……めぐみん、お前角生えてるぞ」

帽子が落ちためぐみんの頭に、小さな二本の角が生えていた。

「ど、どういう事ですか⁉　あっ、何ですかコレ！　頭に何かが生えてます！」

「ちょっとあんた何やったのよおおおおおおお！」

頭の角をニギニギしながらめぐみんが慌てふためく中、ゆんゆんが悲鳴を上げた。

「紅魔族って魔眼以外に角も生えてくるんだな」

「知ってるか？　こいつらって生まれた時から身体のどこかに刺青が入ってるらしいぞ」

「めぐみんに角ねえ……。カズマのパーティーだし、どうせまた変な事したんだろ」

俺のパーティーだしって何なんだと内心憤るが、俺はめぐみんの角をしげしげ眺め、

「魔眼に中二病にロリに角って、お前もうちょっと遠慮して属性盛れよ。お嬢でドＭでバツイチ並みに盛り盛りじゃないか」

「好きで盛ってるわけではありませんよ、ダクネスが聞いたら怒られますからね！」

とはいえこの謎現象は指輪の副作用で間違いないだろう。

めぐみんもその事に思い至ったのか、複雑そうな顔で手の指輪をジッと見詰めている。


——と、その時だった。


「やはり指輪を使ったのかネタ種族よ。さっそく愉快な姿になっているではないか！」

いつの間にギルドにやって来たのか、大量の御札を手にしたバニルが笑っていた。

「めぐみんに生えた角はやっぱ指輪の代償か。これ、使い続けるとどうなるんだ？」

「うむ。それは本来、悪魔崇拝者がジョブチェンジするためのアイテムでな。使い続ければ悪魔になる」

とんでもない代物だった。

「なあバニル、これ、アクアが帰って来たらどうにかなんのか？」

「あの解呪女であれば完全に悪魔化する前ならどうにか出来よう。だが、あの女と筋肉クルセイダーの二人パーティーがやらかさないわけもなく、帰って来るのは当分先であると見通せるな」

奇遇だな、俺もアクアが泣いて帰って来る未来が見えた。

思い詰めたように指輪から目を離さないめぐみんは、悪魔化するという事態に混乱しているのか、何かをブツブツと呟いていて……、

「おいめぐみん、話は聞いたな？　大丈夫だ、アクアが帰ってくればどうにかなる。だからあんまり心配……」

「……爆裂する悪魔だと自爆するみたいですし、紅眼の悪魔……？　全てを爆裂する大悪魔、めぐみん……」

どうやら悪魔化した際の名乗りを考えていたらしい。

反省の欠片もないめぐみんはハッと何かを思い付き、

「我こそは全てを爆焔に包む大悪魔、魔眼のめぐみん！　我にひれ伏せ冒険者達！　この紅眼が輝く時、身動き一つ取る暇もなく爆焔の海に沈むであろう……！」

「勝手に大悪魔を名乗るのは止めろ見習い悪魔め！　それにその名乗り上げは、我輩の見

通す眼と魔眼が被るわ！」

めぐみんを叱りつけたバニルは未だ身動き取れないゆんゆんの前にスッと立つ。

そしてこれ見よがしに一枚の御札を見せ付けると、

「さて、先ほどから身動き取れず晒し者にされている彫像娘よ、本日の商品はこちら！　これは呪縛を無効化する御守り札である！　使用の際には額に貼らなければならないためマヌケな絵面になるのが欠点だが、今ならたったの三万エリス……」

「バニルさん、それください！　今身動き取れないので私のおでこに貼ってください！」

「ああっ!?　我が魔眼があっという間に役立たずに!?」

おでこに札を貼られたゆんゆんが途端に動き出し、財布から三万エリスを出して支払うと、それを見た冒険者達がバニルに声を掛けた。

「バニルさん、あたしにも御札ちょうだい！　さっきから動けないの！」

「俺も俺も！　頼むよバニル！」

「めぐみんの事だ、絶対良からぬ事に魔眼を使う！　念のために俺にもくれ！」

「ああ、めぐみんはやる女だ。こんな力を手にして使わないわけがねえ」

悪魔化してまで手に入れた力を無効化されためぐみんが固まる中、上機嫌のバニルはほくほくしながらお客をさばく。

先ほどからの傍若無人ぶりを見ていた冒険者達は、めぐみん対策として御守り札をこぞって買い求めていた。

「ありがとうございます、ありがとうございます！　フハハハハハハ、でかしたぞ見習い悪魔よ！　もし貴様が完全に悪魔化したなら、駆け出し用の悪魔マニュアルを格別に安く譲ってやろう！」

「要りませんよそんな物！　余計な御守りを売らないでくださ……っ!?」

バニルに抗議するめぐみんの前に、抜き放たれた短剣が突き付けられた。

短剣の持ち主であるゆんゆんは、覚悟を決めた顔で目を輝かせ微かに身を震わせている。

「め、めぐみん……。完全に悪魔化する前に、私があなたを止めてみせる……！　だって、道を踏み外したら正してあげるのが友達だから！」

「いきなり覚悟を決め過ぎですよ、アクアが帰ってくれば治りますから！　……な、何ですか？　ゆんゆんだけじゃなく、皆も顔が怖いですよ？」

めぐみんの言葉の通り、まるでゆんゆんを援護するかのように、三人の冒険者がジリジリと詰め寄っていた。

というか、その三人は——

「何ですかじゃないよ、めぐみん！　さっきはよくもやってくれたわね！」

「お前、人様に呪縛の魔眼なんてかけておいてタダで済むと思ってんのか」

「おうおう、やってくれたなめぐみんさんよお。一対一ならともかくこっちは三人、しかも高レベル紅魔族のゆんゆんさんまでいるんだ、負ける気しねえぜ！」

そう、先ほどめぐみんが呪縛を食らわせた冒険者だった。

「お、おのれ、いたいけな少女に四人がかりとは卑怯ですよ！」

おでこに御守り札を貼り付けた三人の冒険者が包囲を狭める中、さすがに分が悪い事を察しためぐみんが呪縛の構えで後退る。

「こいつ、さっきまでは我にひれ伏せ冒険者とか言っときながら！」

「御札貼ってもらったし、もう魔眼は怖くないからね！」

「オラッ、ポンコツ紅魔族！　調子に乗ってごめんなさいって言ってみろ！」

めぐみんは身を翻すと俺の手を取り、

「カズマ、今は一旦引きますよ！　あの連中には後で逆襲してやりましょう！」

「や、止めろ！　逃げるなら一人で逃げろよ、俺まで巻き込むんじゃねええ！」

巻き込まれまいと抵抗する俺を高レベル魔法使いの理不尽な腕力で引きずりながら、冒険者ギルドを後にした――――！

5

　ギルドから逃げ出した俺達は近くの公園へと逃げ込んでいた。

　どこか哀愁を漂わせためぐみんが、ブランコを漕ぎながらぽつりと呟く。

「これだけの長い付き合いにも拘わらず、まさかギルドの冒険者達が牙を剝くとは……。人を辞める事の重大さを甘く見ていましたよ……」

「ゆんゆん以外、人を辞める事は誰も問題視してなかったぞ。誰彼構わず呪縛するから逆襲されただけだと思う」

　そんな俺のツッコミに、めぐみんは小さく苦笑を浮かべ。

「カズマは普段は厳しいくせに、こういう時だけ優しいですね。邪悪な存在に堕ちた私に、そんな事を言ってくれるのはあなただけですよ……」

「大悪魔が堂々と住んでるこの街で、ちょっと見習い悪魔になっただけで大げさだな。アクアが帰れば解決するんだし、メンヘラちゃんみたいな自虐ムーブは後悔するぞ」

　そんな俺のツッコミに、めぐみんは漕いでいたブランコの動きを止めた。

「……何ですかカズマ、もうちょっと慌ててくださいよ。パーティーメンバーが人を辞め悪の道に墜ちようとしているんです、俺が必ず助けてやるとか言えないんですか！」

「呪縛の魔眼は持ってると便利そうだし、俺としては戻らなくてもどっちでもいいぞ。というか悪の道も何も、お前は誰にでも喧嘩を売るアクセル一の無法者だろ」

「おい、無法者呼ばわりは止めてもらおう！　まったく、もう少し心配してくれても……」

カッカしていためぐみんは、そこではたと動きを止めた。

「つまりカズマは、私がどんな姿に変わろうがそのままの私を愛してくれると、そう言いたいのですか？」

どこか期待したような表情でこちらを見上げるめぐみんに、

「そんな事一言も言ってないけど、魔女っ子コスプレイヤーから悪魔っ子コスプレイヤーに変わっても、あんまり差は無いかなと思って」

「紅魔族の伝統衣装をコスプレ呼ばわりはやめてください！」

悪魔っ子も魔女っ子も、ハロウィンの時期になればどっちも渋谷に居そうな姿だし。

と、その時。

「お姉ちゃん、角が生えてる！　お姉ちゃんはオーガなの？」

めぐみんの角を見てそんな声をかけてきたのは年端もいかない幼女だった。

親御さんの姿が見えない事から近くに住んでいる子供だろうか？

「いいえ、お姉ちゃんはオーガではありませんよ。世界に疎まれし悪の化身、邪悪の象徴にして神の敵対者。そう、お姉ちゃんは悪魔なのです」

悪魔化した自分に酔っているんだろうが、いい加減な悪評を振り撒いてるとバニルのヤツに怒られるぞ。

……と、自虐風自慢なのか悪魔への誹謗中傷を始めためぐみんに、なぜか少女はパァッと表情を輝かせた。

「お姉ちゃん、悪魔なの!?　カッコイイ!」

まだ善悪の区別が付かない年頃なのか、尊敬の眼差しを向けてくる幼女。

と、そんな幼女の言葉を受けて、めぐみんの耳がピクリと動いた。

「カッコイイ?　いけませんよ、この私に憧れを抱いては。我は人類が忌むべき堕ちた存在。確かに悪とか魔とか言えばカッコイイ要素しかありませんが、我々悪魔は世間様から後ろ指を指される存在なのです……!」

めぐみんはそう言いつつも、案外まんざらでもなさそうだ。

対する幼女はといえばそんなめぐみんに小首を傾げ、

「でも、悪魔の人はみんないい人ばかりだよ?　それにとっても優しいの!」

「……ほう?」

カッコイイとか強いというなら分かるのだが、悪魔が優しい？

俺と同じ疑問を抱いたのか、首を傾げているめぐみんに幼女が言った。

「私の知ってる悪魔さんはとっても強いんだよ！　この間も、ずっとお母さんを困らせていた悪いカラスを悪魔さんがやっつけてくれたんだから！」

そう言って笑顔を見せる幼女の言葉に、俺は悪魔さんの正体に思い至った。

この街にはえっちなお店で働くお姉さんをはじめ、何人かの悪魔がいる。

悪いカラスをやっつけたと言うからには戦闘力を有する悪魔だろう。

そういえばアイツ、近所の奥さん達にやたらと人気が高かったな。

――と、首を傾げていためぐみんはふっと顔を綻ばせ。

「……そうですね。たとえその力が邪悪であろうと、力に呑まれない鋼の意志と正義の心を保てるなら、闇に身を堕とす事自体は悪いことではありません」

さっきは十分力に呑まれていたし、お前に正義の心なんて無いだろう。

「カズマ、私は間違っていました。これまで私が歩んで来たのは修羅の道たる爆裂道。なら、たとえ紅眼の大悪魔と呼ばれ疎まれたとしても！　アクアやお巡りさんに怒られようとも、このまま悪魔道を歩もうではないか！」

「待てよ、お前はすでに十分我が道を歩んでいる無法者だろ。これ以上となると悪魔どころか魔王になるぞ」

めぐみんは望むところだとばかりにマントを撥ね上げ、声高に宣言する。

「我こそは全てを爆焰に包む大悪魔、魔眼のめぐみん！　この紅眼が輝く時、敵対者達は身動き一つ取る暇もなく爆焰の海に沈むであろう……！　さあ世界よ、我にひれ伏せ！」

「カッコイイ！　悪魔のお姉ちゃんカッコイイ！　やっぱり悪魔はカッコイイ！」

幼女に褒められためぐみんが上機嫌で笑う中、公園に大きな声が響き渡った。

「居たぞ！　賞金首の見習い悪魔だ！」

「⁉」

突然の賞金首呼ばわりに、めぐみんが驚き目を見開く。

声のした方に目をやれば、そこには見覚えのある冒険者達の姿があった。

「ま、待ってください、賞金首とはひょっとしなくても私の事ですか⁉」

「他に誰がいるってんだよ。冒険者ギルドの掲示板にお前のポスターが貼られているぞ」

一人の冒険者が放ったその言葉に、めぐみんはフッと儚い笑みを浮かべた。

「なんという事でしょう、善なる悪魔として生きていく覚悟を決めた瞬間にこれですか……。いえ、これも闇堕ちした者の末路としては、相応しいのかもしれませんね……」

めぐみんが自分の世界に入り込み妙なドラマを始めているが、この街の冒険者ギルドが悪魔見習いごときに賞金を懸けるとも思えない。

かといって、めぐみんに呪縛の魔眼を使われた程度で冒険者達が自腹を切るというのもおかしな話で……。

「一応聞いておくけど、コイツに賞金懸けたのは誰なんだ？」

「ゆんゆんさん」

「おのれ、やってくれましたねぼっち娘！　いいでしょう、ここまでやるのであれば本当に決着をつけてくれます！」

親友に賞金を懸けられためぐみんは、先ほどまでの闇堕ちヒロインムーブをあっさり投げ捨て気勢を上げた。

そして、めぐみんに対して声を上げた冒険者達は、アクセル一の無法者を取り押さえようとはせず、さらに仲間が集まるのを待っているのか、逃げられないよう公園の入り口を塞ぐに止まっていた。

「カズマ、これはいつになくピンチです。いよいよとなれば爆裂魔法を解き放ち本物のお尋ね者になる覚悟は有りますが、出来ればそれは避けたいとこです」

「お前の事だからその覚悟がハッタリじゃないのは理解している。俺がどうにかしてやるから、魔法は絶対使うなよ？」

俺とめぐみんのやり取りを聞いていた冒険者達が思わず顔を引きつらせる中、

「よしお前ら、まずは話をしようか。確かにコイツは悪魔化したが、まだ慌てる時間じゃない。バニルいわく、アクアなら治せるらしい」

「い、いや、俺たちだって別にめぐみんを本気で狩るつもりじゃないが……」

ちょっと腰が引けたのか、そんな事を呟く冒険者に、

「それに、冒険者カードのモンスター討伐欄にめぐみんの名前が載る事になるぞ。俺の冒険者カードはジャイアントトードやコボルトの名前ばかりが多く載っててよくバカにされてるけど、めぐみんスレイヤーの称号を押し付けられる事に耐えられるのか？」

「待ってください、私は大物賞金首ばりのネームバリューがあるので誇れますよ！　むしろ万が一私を討伐したなら、一生語り草にしてください！」

横で聞いていためぐみんが心外だとばかりに声を張る。

そもそも討伐欄に名前が載るのかも疑問なのだが、万が一コイツの名前が記された日には、その冒険者は一生十字架を背負う事になるだろう。

「いや、そもそも俺達はめぐみんを捕まえる気すら無いぞ」

「そうそう。確かに討伐欄にめぐみんの名前が載るのは本気で勘弁して欲しいけどさ。めぐみんの居場所をゆんゆんさんに教えるだけで五千エリスがもらえるんだよ」

「待ってください、そんな酒場の飲み代程度の金額で私を売るというのですか！　分かりましたよ、カズマ、皆にそれ以上のお小遣いをあげてください。これは言ってみれば私の身の代金みたいなものです」

ええ……。

「しょうがないなあ。一人五千三十エリスでいいか？」

「私の身の代金って言ってるじゃないですか、そんなしょっぱい事言わないでください！　我が名が皆の討伐欄に載ってもいいんですか！」

と、めぐみんが食って掛かってきた、その時だった。

「討伐欄にめぐみんの名前が載る？」

どこか底冷えするような小さな声が陽の暮れてきた公園にスッと通る。

声の主の方を振り向けば、夕陽を背にしたゆんゆんがおでこに札を貼り付けたまま、どこか思い詰めたような表情で立っていた。

6

いつの間にそこに居たのか、顔を俯かせていたゆんゆんに、

「めぐみんに賞金懸かったって聞いたから、俺が皆を脅してたんだよ。お前らの冒険者カードの討伐欄にコイツの名前が載ってたら、人に見せる度に爆笑されるぞって」

「その反応はおかしいでしょう、世界に自慢出来ますよ！」

抗議してくるめぐみんをよそに、ゆんゆんが再び呟いた。

「討伐欄に、めぐみんの名前が載る……」

両目を赤く輝かせ、ゆんゆんがバッと顔を上げる。

「めぐみん、今日こそはあなたを倒す！　そして私の冒険者カードに、永遠に名前を刻んであげる！　それこそが友達としてあなたにしてあげられる供養だから！」

「あなたはいちいち言動が重いですよ！　アクアが帰ってくれば治ると言っているではないですか！」

いつになく必死なめぐみんの言葉に、ゆんゆんは鼻でふっと嗤った。

「闇の力を手にしためぐみんがそれを手放すはずないじゃない。たとえばよ？　たとえば邪神とかに、私を生贄に捧げたなら強大な力が得られるって言われたら……」

「捧げるに決まってるじゃないですか。ふおっ、何をするかっ！」

めぐみんが迷い無く答えると、ゆんゆんが躊躇なく短剣を突き出す。

慌てて避けるめぐみんに涙目のゆんゆんが罵声を浴びせた。

「私はこれだけ悩んでるのにあんたちょっとは迷いなさいよおおおお！」

「長い付き合いの同族を躊躇なく屠ろうとする相手に迷いなんてありませんよ！」

互いに罵り合いながら、めぐみんはマナタイト製の杖で殴りかかり、それをゆんゆんが短剣で迎え撃つ。

「これが紅魔族同士の戦いなのか……！」

「高レベルの魔法使いにもなると、魔法の撃ち合いじゃなくステータスに物を言わせた接近戦になるのね！」

「上級魔法以上にもなると詠唱時間も長いしな。傍目には子供の喧嘩みたいだけど、これは合理的な戦い方なんだろうな……」

リーチの差で不利を悟ったのか、ゆんゆんが短剣を投げ捨て飛びかかる。

それに対抗するかのように、めぐみんも杖を投げ捨てて組み合った。

「カズマ、私が押さえている間に後ろから尻を蹴飛ばしてやってください！」

「ちょ、ちょっと待ってめぐみん、これはいわば決闘でしょう!?　仲間の助けを借りるなんて汚いわよ！」

互いにレベルも近いためか、二人は両手で組み合ったまま拮抗して動かない。

「ならゆんゆんも仲間の助けを借りればいいじゃないですか！　私達は冒険者です。仲間と共に苦難を分かち合うのは当然の痛い！　ちょっとカズマ、何をするんですか！」

めぐみんの指示とはいえ、さすがに何もしてない女の子の尻を蹴飛ばすのは気が引ける。

そう思いめぐみんの尻を軽くひっ叩いてみたのだが。

「いや、お前が尻を攻撃しろと……」

「カズマは私の仲間なんですから、攻撃する相手はゆんゆんですよ！」

今の状況でコイツの仲間扱いされるのは嫌なんだけどなあ……。

「しょうがないな。つまり俺は身動きが取れないお前らに色々すればいいんだな？」

「な、内容は合っていますが、何だか言い方が不穏ですよ！」

互いに何かを察知したのか、二人は組み合っていた手を放して飛び退る。

「自分で言い出しておいて何ですが、やはり仲間の力を使うのはやめましょうか」

「そうね、友達とか仲間も有りなら私すごく不利だもん」

ゆんゆんはそう言って自虐するが、目の前にいる同族も友達の多さは似たようなもんだと思う。

……と、ゆんゆんが腰の下からワンドを抜いた。

このままでは埒があかないと、街中で魔法を使うつもりのようだ。

「正気ですかゆんゆん、街で攻撃魔法を使えば大変な事になりますよ？」

ゆんゆんがワンドをポロリと落とす。

めぐみんに正気を疑われたのがよほどのショックだったのだろう。

未だ動揺を隠しきれないゆんゆんは落としたワンドを拾いながら、

「そ、そんな事は覚悟の上よ。それに心配しなくても私が使うのは中級魔法よ！　街中で禁止されているのは上級以上の魔法だけだもの、中級魔法なら怒られる程度で済むわ！」

「ふっ、本来であれば街中で爆裂魔法を使えない私が不利です！　ですが、今の私には闇より得た力があります！」

めぐみんはそう言って両の眼に力を込める。

「呪縛の魔眼はもう効かないわよ！　ライトニングで痺れさせてから、その角を切り落としてあげるから！」

「いちいち言動が物騒ですよ！　そして私には、もう一つとっておきがあるのです！　さあ、これでも食らうがいい！」

二人は互いに叫んで身構えると、同じタイミングで攻撃を解き放つ。

「『ライトニング』ーッあああああああああああああ！」

「ライトニング・レッドアイズああああああああああああ！」

めぐみんが目から放った光線はゆんゆんにぶち当たり感電させた。

対してゆんゆんが放った電撃は、眼を焼かれためぐみんが地をのたうち回る事によって偶然にも回避される。

「あ、あうううううう……」

「眼があああああああああ！」

「おい、何がどうなったんだ。これは相打ちって事でいいのか？」

「めぐみんが目から何かを発射して自爆した後、そのまま地面を転がり回ったせいでゆんゆんの魔法が逸れたんだ……！」

「なるほど……。これってめぐみんの勝ちって事でいいのか？」

「でもアイツ、自分にもダメージ食らってるぞ。引き分けがいいとこじゃないか？」

野次馬冒険者達の言葉の通り、二人は共に地面に転がっていた。

「こ、これが紅魔族同士の戦いなのか……」

「なあ、本当に二人共高レベル冒険者なのか？　これって高レベルな戦いなのか……？」

野次馬達も困惑する中、ふらふらと立ち上がっためぐみんは目を閉じたまま、地面に横たわって動けないゆんゆんを手探りで探し始める。

「さっきはこの辺からゆんゆんのうめき声が聞こえたはず……。さあゆんゆん、決着をつけようではありませんか！」

「…………」

声を出させようと挑発しながら子鹿のようにヨタヨタ歩むめぐみんと、体の痺れが取れるまで沈黙し機を窺うゆんゆん。

野次馬達の言い分では無いが、二人の今の姿は高レベル魔法使いの死闘には程遠い。

――と、そんな泥沼な子供の喧嘩に突然声が掛けられた。

「二人とも、こんなところで何の遊びをしているの？　私にもルールを教えてちょうだい」

声が聞こえてきた公園の入り口の方を見てみれば、そこにはあちこちを泥塗れにしたダクネスと、謎の粘液に塗れたアクアが居た。

その様子から何があったのかは大体察したが、アクアが背負ったリュックが膨らんでいる事から旅の成果は上々のようだ。

「その声はアクアですね！　ちょっと手を貸してもらえませんか！　私を癒やして欲しいのです！」

「ず、ズルいわよめぐみん！　さっき仲間の力を借りるのはやめようって言ったのは、自分じゃな……」

と、ゆんゆんが抗議の声を上げたその時だった。

「バカめ、居場所を晒しましたね！」

「ああっ⁉　あんたどこまで卑怯なのよー！」

ゆんゆんの抗議の声で居場所を特定しためぐみんが目を閉じたまま飛びかかる。

「卑怯ではありませんとも、これは紅魔族の高い知力を活かした作戦勝ちと言えるでしょう！　さあ未だ身動きが取れないゆんゆん、覚悟はいいですね⁉」

「待って待って、降参するからあああああああ！」

めぐみんの勝利が確定したかと思えた、その瞬間。

「『ヒール』！『リフレッシュ』！『セイクリッド・ブレイクスペル』！『セイクリッド・エクソシズム』ー！」

「なあああああああああ！」

アクアが突然魔法を放ち、光に覆われためぐみんが悲鳴を上げた。

体から黒い煙を吐き出しながらめぐみんが地面を転がり回る。

「何だかよく分からないけど二人を癒やしてあげたわよ！　ていうかめぐみん、どこで拾ったのかは知らないけれど、変な物を身につける際には気を付けなさい。あなたがつけていたその指輪、悪魔の呪いがかかっていたわよ？」

そんなアクアの視線の先にはボロボロと崩れていく指輪があった。

そして指輪を失っためぐみんの頭から、生えていた角がポロリと落ちる。

自らの頭に違和感を覚えたのか、そこに手をやっためぐみんが真顔になる。

やがて指輪のはまっていた手に目をやると、顔色をサアッと青ざめさせた。

「……カズマ、お金貸してもらえませんか？」

「指輪の弁償代なら貸さないぞ。お前はバニルに叱ってもらえ」

7

――それから。

アクアの魔法で痺れが取れたゆんゆんがめぐみんに襲いかかって喧嘩になったり、なぜか涙目のダクネスが旅の愚痴を零してきたりと、まあ色々あったわけだが。

「結局、闇の力は失われてしまいましたね……」

早く風呂に入りたいと言って先に帰った二人を見送った後、俺とめぐみんは日課をこなすため街の外へと向かっていた。

「魔眼の力は惜しかったけど、あのまま悪魔化していたらお前の天敵がアクアになっていたんだぞ」

「そ、それはちょっと嫌ですね。アクアに事あるごとに威嚇されてはたまったものではありません。ですが……」

一瞬怯えを見せためぐみんは、ちょっとだけ残念そうに。

「ですがあの力を得られれば、もうちょっと皆の役に立てると思ったんですけどね」

と、そんな事を口にしながら、小さくため息を吐き出した。

……単に闇の力に魅せられただけかと思っていたが、コイツなりに考えていたらしい。

「さあ、とっとと爆裂スポットに向かいますよ！　でないと陽が暮れてしまいます！」

自分で言っておいて恥ずかしかったのか、照れ臭さを誤魔化すようにめぐみんが俺の前を歩いて行く。

俺は苦笑を浮かべると、目の前の小さな背中を追いかけながら。

「まあ、たまにウィズの店に顔を出すか。今回みたいな掘り出し物のレアアイテムが見付かるかもしれないしな」

「……そ、そうですね。ところでカズマ、相談ですが……」

「金なら貸さない」

指輪の弁償の事を思い出したのか気まずそうにしていためぐみんだったが、どうやら今日の爆裂スポットを見付けたようだ。

「この辺りでいいでしょう。適度な岩場、適度な茂み。吹き飛ばしてクレーターを描くにはピッタリの素敵な場所です」

「爆裂ソムリエの称号を得た俺だけど、爆裂スポットの善し悪しだけは未だに分からん」

あまり分かりたいとも思わないのだが、めぐみんはクスリと小さな笑みを零すと。

「カズマの爆裂道への理解はまだまだですね。悪魔の力を失ったのは残念ですが、まあいいでしょう。私には爆裂魔法がありますからね！」

吹っ切れたように声高に宣言すると、めぐみんは聞き慣れた詠唱を唱え始めた。

音と衝撃に備える俺に、めぐみんは自信に満ちた笑みを見せながら——


「『エクスプロージョン』——ッッッ！」


しかし何も起こらなかった。

「あれっ⁉　何ですかコレ、一体何がどうなって……ああっ⁉」

めぐみんは激しい動揺を見せた後、ハッと何かに気が付いた。

「カズマ、ドレインタッチで魔力を分けてください！　魔眼です！　あの魔眼の数々は、魔力を消費していたんですよ！」

「分けてやりたいところだが、あれだけの魔眼の魔力量なんて俺の魔力じゃ足りないぞ」

俺の言葉にめぐみんは、頭を抱えて悲鳴を上げる。

「爆裂魔法が使えなくなるなら魔眼なんて役立たずではないですか！　カズマ、ウィズの店に行くので付き合ってください！　欠陥品を使わせたバニルに猛抗議して、ありったけの魔力をぶんどって来ます！」

「お、お前、さっきまであれだけ魔眼を惜しがってたのに……」

というか、パーティーの事を思ってくれたんだなとちょっとだけ感動した俺に謝れ。

――魔道具店にクレームをつけに行っためぐみんは、もちろんメチャメチャバニルに叱られ、弁済するまで魔法威力が低下する呪いをかけられた。

ご主人様のために！

1

街の灯りが軒並み消えて、皆が寝静まる時間帯。

夜行性である俺が今夜も元気に夜更かししてると、部屋の窓がノックされた。

「………」

ノックの音を聞かなかった事にした俺は読んでいた本のページをめくる。

本のタイトルはあの有名な『ウサギとカメ』。

最初は地球のおとぎ話かと思っていたのだが、読み進めていくうちに俺の知らない話になっていた。

(ねえ助手君、灯り付いてるし起きてるんでしょ？　キミがこんなに早く寝るわけないし)

カメと競走する事になったウサギは、最初は余力を持って先行していた。

意気揚々と突き進むウサギは、やがて山を越え川を越えカメを大きく引き離す。

(助手君！　助手君ってば！　外は寒いし入れてくれない!?)

だが先行していたウサギは気付いた。そう、カメに嵌められた事を。

カメが提案した競技は無補給での超長距離走。

俊足のウサギをもってしても踏破に一週間以上の時間がかかる。

マーダーラビット族のウサギの相手は、甲羅に多量の栄養を溜め込めるフォートレスタートルだったのだ。

道で行き倒れていたウサギに追いつくと、カメはこう持ちかけた。

『ゴールまで運ぶ運賃が、今ならたったの……』

（助手くーん！　寒いよ、開けて！　ちらほら雨も降ってきた！）

盛り上がってきたところで窓がバンバン叩かれる。

俺は読みかけていた本を置いて窓を開けると。

「こんな時間に何なんですかお頭、ちゃんと玄関から訪ねてくださいよ。今手が離せないとこなんですけど」

「こんな時間に窓から来る理由なんて分かってるでしょ!?　うう、寒い……」

窓から部屋に入ってきたのは盗賊団の頭ことクリスだった。

クリスは部屋をキョロキョロ見回すと、ベッドに置かれた本に気付く。

「ねえ、手が離せないって読書の事？　あたし、大事なお仕事持ってきたんだけど……」

そう言ってジト目を向けてくるクリスだが、俺は別の本を手に取ると、

「この世界の絵本って微妙に面白いんですよ。この『みにくいオークの子』ってのも、

迫害を受けていたオークの子は実はオーガで、成長を果たしたその子が復讐の旅に……」

「その話はどうでもいいよ！　それより、ダクネスについて話があるの！」

俺があらすじを読み上げていると、いつになく真面目な顔でクリスが言った――

「ダクネスが神器を手に入れたかもしれないんだ」

落ち着きを取り戻したクリスがおもむろに切り出した。

神器とは、日本から来た転生者に与えられたチートアイテムで、それを与えられた持ち主以外十全には使いこなせない代物だ。

だが神器の名は伊達ではなく、本来の力を発揮出来なくとも強力な物が多い。

「正確にはあたしが追っていた神器の一つが闇市に流れたんだけど、それをどこかの貴族が手に入れたらしくてさ」

「……？　それだけでどうしてダクネスの名前が出てくるんですか？　それにアイツなら、それは危ない物だから寄越せって言えば渡してくれると思うんですけど」

アレでダクネスは、そういった方向ではまともな方だ。

ちゃんと事情を説明すれば……、

「それは無理かなあ……」

と、なぜかクリスが頬を赤らめ、ぼしょぼしょと呟いた。

「無理って事はないでしょう。そんなにダクネスが欲しがりそうな物なんですか？　っていうか、そもそもどんな神器なんですか」

「そ、それを説明するのは、あたしの口からはちょっと……。ただ、ダクネスには絶対に持たせちゃダメな神器としか……」

何だか歯切れの悪いクリスの言葉に、ろくな物じゃない事だけは理解した。

しかし、そんな危険な神器であれば尚更ダクネスが悪用するとも思えないのだが。

まあ、とはいえ……、

「神器のヤバさについては体入れ替えのネックレスで十分理解しましたからね。他人事じゃありませんし、ダクネスのためにも神器奪取に協力しますよ」

俺はそう言って、クリスを安心させるようにニッと笑っ……、

「あ……ありがとう助手君！　ダクネスを真っ当な道に戻すためにも、神器は絶対手に入れようね！」

……笑おうとして、その不穏な言葉に少しだけ協力する事を躊躇した――

2

アクセルの貴族街にある一際大きな屋敷の前で、俺とクリスは言い争っていた。

(ねえ助手君、どうしてこんなに警備が厳しいのさ！　これって絶対、キミが以前ダクネスの家に侵入したからだよね⁉)

(何でも俺のせいにするのは良くないですよ。そういうお頭だって、あの時その場に居たなら絶対同じ事しましたって)

俺は以前、ダクネスの実家に忍び込んだ事がある。

パーティーを離脱したダクネスを連れ戻すため強硬手段に出たのだが、大貴族の屋敷に冒険者が侵入したという事案はやはり大事件だったらしい。

物陰からダクネスの実家を観察したところ、屋敷を囲む柵は高く伸ばされあちこちに灯りが増やされていた。

しかも屋敷の敷地内を二人組の警備兵が見回っており……。

(助手君、どうしようか。さすがにあの柵を越えるのは楽じゃないし、モタついてる間に見付かっちゃう。潜伏スキルを使ったとしてもアレを登るのは目立ち過ぎるよ)

クリスが困り顔で言ってくるが、俺は知能派で知られる佐藤和真、ここは賢いところを見せてやろう。

俺はピッと指を立て、考えがある事をアピールした。

(街の外でコボルトでも捕まえて、屋敷の前に解き放つのはどうでしょう。街中にモンスターが湧けば大騒ぎになりますし、見張りが対応に追われてる間に侵入を……)

(ダメに決まってるでしょ！　次！)

悪くない案だと思ったのだがダメらしい。

大きくバッテンするクリスに向けて、俺は二本目の指をピッと立て、

(飲んだくれのおっさんを捕まえて、屋敷の前で奇声を上げてもらうのはどうでしょう。見張りが何事かと集まっているうちに侵入するんです。おっさんに飲み代を渡せば高確率で引き受けてくれると……)

(知らない人を巻き込んじゃダメだよ！　次！)

つまり知ってる人なら巻き込んでもいいわけだ。

なら三つ目の案が生きてくる。

(ギルドで依頼を出しましょう。クエスト内容はダスティネス家の前で、ララティーナと叫び続ける事。多分みんな面白がって、結構な数の冒険者が……)

（それであたし達が依頼したってバレて、ダクネスに酷い目に遭わされるのが見えてるじゃん！　全部ダメー！）

会心の策のはずなのに、全ボツにされてしまった。

（そうは言っても見回りをどうにかしないと無理ですよ。いっそ俺達二人でじゃんけんして、負けた方が囮になるってのはどうですか？）

そんな提案を受けたクリスは一瞬呆気に取られた顔になる。

（えっと……助手君、本気？　これでもあたし、幸運を司る神様だよ？　仮の体だとしても負けるはずがないじゃん）

自信に満ちたクリスの言葉に俺はフッと笑ってやる。

（人は成長するもんですよ、お頭。俺が今何レベルか知ってますか？　そうやって勝ち誇っていると足をすくわれますよ）

（ほ、ほほお……？　面白い事言うね、助手君。いいよ、それじゃあやろうか。いくよ、じゃーんけーん……！）

——日付けが変わり、既に皆が寝静まった時間帯。

今夜は特に肌寒く、部屋の隅に置かれたストーブが有り難い。

俺はストーブの上に夜食代わりの餅を載せ、焼き上がるまでの時間を読書に充てる事にした。

（助手君！　助手君‼　キミには言いたい事が山ほどあるよ、窓開けて！）

今夜読む本のタイトルは『エルフ完全考察読本』。

エルフ大好き日本人なら間違いなく興味を惹かれる一冊だ。

——なんでも、この世界のエルフ族は大まかに二つに分けられ、それぞれ森エルフと平原エルフと呼ばれているらしい。

（助手君、居るのは分かってるよ！　盗賊の感知スキルを甘く見ないでね！）

——平原エルフはその名の通り、平原に居を構えていた狩猟民族であり、木々の無い大地で暮らしているため、日焼けした褐色肌を持つエルフ種である。

海洋国家スズキ帝国、初代皇帝スズキ・ヒコイチ氏が平原エルフを初めて見た際『ダークエルフ』と呼称した事から、今日ではそちらの呼び名で認知されており——

「ろくでもないなスズキ。コイツ絶対日本人だろ」

（助手君ー！）

窓がバンバンと叩かれるのも気にせず、俺は同郷人がやらかした事を目で追っていく。

——平原エルフことダークエルフは、平原に住む大型の草食動物を狩るため、主に投げ槍の扱いに長けている。

タンパク質の多い食事を摂る事から体格に優れ、森エルフに比べて恵体である。

（助手君、お頭の命令を無視する気ならあたしにも考えがあるからね。盗賊の解錠スキルを忘れてないかな？）

俺は窓の方を見る事なく、そちらに手を向け魔法を唱えた。

「『フリーズ』」

カーテンを巻き込んでのフリーズは周りの窓枠ごと鍵を凍らせる。

鍵に向かってこちょこちょやり出したクリスをよそに、俺は本のページをめくった。

――樹上に居を構える森エルフは、主に森のキノコや果物を食料としている。

そして安全な樹上から獣に矢を射かける狩猟も行っており、そのため弓の扱いが得意な者が多い。

弓を扱うため常にサラシを巻いている事から森エルフの女性は胸部が小さい者が多く、恵体であるダークエルフ族を一方的に敵視しており――

（助手君の家は立派なお屋敷だけどセキュリティが甘いね。こんな簡単な鍵なんて、クリスさんにかかればちょちょいのちょい……あれっ？　何これ、なんで鍵が凍ってるの？）

――そんな難有りな森エルフだが、実はある特定の人達と親交が深い事で有名である。

それは、定期的にどこからともなく現れる、黒髪黒目の変わった名前をした人々だ。

なぜか彼らは森エルフに対して友好的な事が多く、森エルフ達もそんな彼らに対して満更でもない。

彼らはエルフに対して、弓が上手く菜食主義である等、独特な価値観を抱いているためエルフ達は期待に応えるべく、街に居を移した者も弓の練習に余念がない。

彼らの前では野菜ばかり食べ、『弓？　生まれてこの方使った事ないけど試してみようか。あっ、何かしっくりくるね』などとうそぶき、高度な弓の腕を見せるという――

（ていうか窓まで凍ってる！　助手君、これおかしいよね！　いくら寒いとはいえ、まだ凍るほどの季節じゃないじゃん！　窓にフリーズ唱えたでしょ！）

と、クリスは恐るべき暴挙に出た。

ダガーを引き抜き、窓ガラスを引っ掻き出したのだ。

（助手君、怒らないから中に入れて！　フリーズで凍った窓も相まって、ここのバルコニー、凄く寒いんだけど！）

窓を引っ掻く音で肌が粟立つのに耐えながら、怒らないという言質を得られた俺は、凍り付いたカーテンをパリパリ剝がしティンダーで窓を炙っていく。

焦げたり焼けたりしないよう気を付けながら、ようやく凍りついた窓を解凍した。

「昨日に続いて何なんですか。俺はいい仕事をしたはずですけど、お頭は侵入に成功したんですか？」

尋ねながら窓を開けるとクリスが体を震わせながら入って来た。

「それだよ！　じゃんけんで負けた君には囮を任せたはずだろー！」

「何言ってるんですか、俺はちゃんと仕事を果たしましたよ？　囮として堂々と正面玄関から家を訪ねて、ちゃんと執事さんを通してダクネスに会ってきました」

「それは囮って言わないよ、お客さんって言うんだよ！　あたしが苦労して家に侵入したと思ったら、キミはどうしてダクネスとお茶してんのさ！」

どうしても何も、やはり立派な囮の仕事をしていると思うのだが。

俺は、部屋の隅に置かれたストーブに手をかざしているクリスに肩を竦めて、

「こっちに構わずお頭はそのまま仕事してくれれば良かったんですよ。そうすれば俺にはアリバイが出来ますし」

「ズルいよ助手君！　もし神器を盗めても、あたしの仕業だってバレたならキミも共犯だって言ってやるからね」

「おいやめろ、神様のくせにやる事がしょっぱいですよ！　っていうか、神器は盗めなかったんですか？」

ストーブで暖まって余裕が出来たのか、クリスはストーブで俺が焼いていた餅を皿に載せ、それを勝手にパクついていく。

「それが宝物庫に入ってみたんだけど、それらしい物が無かったんだよねえ……。むぐむぐ……」

俺は負けじと良い感じに焼けた餅を箸で摘まみ、醤油皿に付けてパクついた。

「あふふ……。なら、神器は他の貴族が持ってるんじゃないですか？　それにダクネスなら危険性のある神器を手に入れても、悪用する事は無いと思いますけど」

「一応それも考えたんだけど、神器の効果を考えるとその線も薄いかなって。他の貴族だったなら、わざわざ高いお金を出して欲しがる物でも無いんだよね」

俺が焼いた餅なのにどんどん攫っていくクリスに向けて、威嚇するかのように餅をガードする。

「昨夜も聞いたと思うんですが、一体どんな効果がある神器なんですか？　それが分かればダクネスに交渉を持ちかける事も出来そうですけど」

「昨夜も言ったけど、あたしの口からは言えないよ。でもダクネスならどんな交渉を持ちかけても絶対手放さないって断言出来るよ」

俺の仲間に対する信頼と、クリスの親友に対する信頼は平行線だ。

あれでアイツも俺のパーティーの中では一番話が分かるヤツなんだが……。

クリスはそんな俺の思いに気付いたのか、何やら真剣な顔になり。

「ねえ助手君、最後のお餅はあたしにちょうだい！」

3

昨夜に続き再びダスティネス邸にやって来た俺達は、今夜も激しく言い争っていた。

（それはズルいですよ！　昨夜は俺が囮をやったんだから、次はそっちの番でしょう！）

（助手はお頭の命令を聞くもんだよ！　だって、どう見たって昨日より警備が厳しくなってるし！　お頭に危険が及ぶのはマズいでしょ⁉）

俺の前で駄々をこねているクリスが言うように、なぜか屋敷は警戒態勢に入っていた。

これは間違いなく昨日の侵入が原因だろう。

（俺に落ち度はありませんよ、お頭が昨日侵入した事がバレたんじゃないですか？）

（あたしそんなヘマしてないもん。　宝物庫には入ったけど、お宝くすねたわけでもないし）

クリスとは何度か貴族の家に侵入したのだが、一つ気付いた事がある。

この人は口ではこんな事言いながら、結構手癖が悪いのだ。

（隙あらば目に付いた金目の物を持って行くお頭に説得力はありませんよ。苦労して侵入した宝物庫なのに何も持って行かないのは盗賊の名折れとか言って、また何かパクったんでしょう？）

（今回は本当に盗んでないよ！　だってダクネスの実家なんだよ？　悪徳貴族ってわけでもないし、さすがに大の親友の家からお宝盗んだりしないから！）

その大の親友の家から、神器という最上級のお宝を盗もうとしているクリスが真摯な目で力説してくる。

（じゃあ盗み以外で何か余計な事はしませんでしたか？）

（宝物庫にダクネスの幼少期のアルバムがあったから、ニヤニヤしながら眺めただけだよ）

多分それだよ。

（ダクネスの親父さんは親バカなんですよ。何せ宝物庫にアルバム仕舞っとくぐらいですからね。アルバムに何か仕掛けがあったんじゃないですか？）

なにせダクネスを半裸にして水をかけ、透け透けにしただけで処刑されそうになったぐらいの親バカなのだ。

……いや、貴族令嬢にそんな事をすれば大概処刑される気もするな。

（うーん、特に何も無かったけどなあ……。ちっちゃいダクネスがおねしょした布団を隠してる写真とか、面白可愛いアルバムだったけどね。おねしょ写真はゲットしたから、後で助手君にも見せてあげるね）

（思い切りパクってるじゃないですか）

間違いなくそれだよ。

（で、でも、写真だけでこれだけ警戒する？　お宝を盗まれたわけじゃないんだよ？）

自分のやらかしに気付いたクリスがあわあわと口籠もるが、

（あの親父さんにとっては十分以上にお宝ですよ。ダスティネス家の応接間には、ダクネスが子供の頃に描いた絵が飾られてるんですよ？）

（ダクネスのお父さんとは何度か顔を合わせたけれど、意外過ぎる一面だよ）

原因が分かれば話は早い。

俺はクリスに片手を差し出し。

（その写真を渡してください、ダクネスに返してきますから）

（嫌だよ、あれはダクネスに何かで怒られた時用のお説教回避アイテムなんだから。誰にも見付からない場所に大切に仕舞ってあるよ）

（……アイツが怒ってる時にそんな物出したら説教じゃ済まなくなる気がしますが）

写真の焼き増しとか出来ないのかな、そしたら俺も説教回避用に欲しいんだけど。

とはいえ、この状況はどうしたものか。

親父さんはよほど大事と捉えたのか、今夜は昨日に比べて見回りの警備兵が三倍増しになっており、そこかしこが灯りで照らされていた。

これは何らかのマジックアイテムでもない限り侵入するのは難しい。

(上が無理なら下からだけど、クリエイトアースじゃ穴なんて掘れないし侵入経路が無いですね。……今日のところは帰って寝ません？)

(諦めないで！　侵入経路ならちゃんとあるから！)

早々に諦めた俺に向け、身を屈めたクリスがちょいちょいと付いて来いの指示を出す。

やがて屋敷の傍に着いたクリスは無言で下水道を指差した。

「嫌です」

(助手君、声が大きいよ！　仕方ないじゃん、下水道はこういう時のお約束だよ！)

簡単に言ってくれるが、さすがにここを潜り抜けていくのは色々キツい。

(こういった時のお約束として下水道を綺麗にしてくれる存在を知ってますよ。スライムです。森でスライムを捕まえて、ダクネスの家の下水道に放ちましょう。半年ほど待っていれば、そこには綺麗に掃除された抜け穴が……)

（ダメに決まってるでしょそんな物！　スライムがトイレにまで侵入して大惨事になるのが見えてるよ！　あと半年は長すぎるから！）

　スライムによる下水処理は異世界系漫画の常識のはずなのに、どうしてこの世界では融通が利かないんだ……って、あっ！

「お頭、俺に良い考えがありますよ！　神器を手に入れるのが目的なら、わざわざ侵入する必要は無いんです！」

　――翌日。

「カズマアアアアアア！　カズマはいるかあああああ！」

　部屋で惰眠を貪っていると、怒り心頭のダクネスが突然怒鳴り込んできた。

「うおっ!?　こんな朝早くからなんなんだ！　人の部屋に入る時はノックだろ、俺が年相応の事をしてたら大惨事になってたぞ！」

「お前が年相応のいかがわしい事をしていようと今さらなので気にしない！　貴様は元々そういうヤツだ！」

　コイツ朝っぱらから押しかけといて、いきなり何て言い草だ。

　と、ダクネスは手にした紙を俺に見せ付けるように突き出すと。

「おのれカズマ、やってくれたな！　仮にも貴族を脅迫したのだ、弁護士は付けてやるが重い刑罰は免れないぞ！」

ダクネスに見せ付けられた紙には次のように書かれていた。

『宝物庫に眠っていたダスティネス家の至宝、ララティーナちゃん五歳の写真は頂いた。返して欲しくばこちらの指定する宝を用意せよ。宝物を用意した頃、追って交換方法を連絡する。――世界を憂う謎の盗賊団より――』

「待てよ、いきなりこんなもん見せ付けて、何で俺の仕業だって決め付けるんだよ！」

「カズマが夜中に突然家に来た日に宝物庫へ賊が侵入したのだ！　タイミング的にお前が関わっているのは間違いない！」

ダクネスがキッパリと断言するが、この言い方から察するに、まだ決定的な証拠は握ってないはず。

「仲間の家に遊びに行っただけでいきなり犯罪者扱いされるのはおかしいだろ！　そこまで言うなら証拠はあるのか？　ほら、証拠を見せてみろ！」

開き直った俺の言葉をダクネスはふんと鼻で笑い飛ばし、

「証拠？　貴族である私の証言はそれだけで充分な証拠になるぞ。この私が法廷で『あの男ならいつかやると思っていました』とでも言ってやればそれだけで裁判は閉廷だ」

「横暴だ！　貴族特権の乱用だ！　こんな時だけ権力に物を言わせやがって、卑怯者！」

「こ、こんな脅迫文を出したお前の方が卑怯者だ！　というか共犯のクリスはどこだ？　居場所を知っているだろう！　言え！」

　普段は脳筋ドＭのくせにこんな時だけ勘がいい。

「きょ、共犯って何の事だよ、俺は急にお前の顔が見たくなって夜中にお茶しに行っただけだ。……なあダクネス、夜遅くにお前に会いに行っちゃダメなのか？　俺達はもう大人じゃないか。いつかお前の家に侵入した時、そう言って誘惑してきたのはそっちだろ……痛たたたたた、やめろ、頬がちぎれる！」

　ダクネスに無言で頬を引っ張られ、俺は慌ててタップする。

「心にもない事を言うのはこの口か！　お前が私の気を引いているうちにクリスが宝物庫に入ったのだろう。さあ、クリスの居場所を吐け！　さもないと報復として、この部屋に隠してあるお前のお宝を没収するぞ！」

「貴族特権の乱用に続いてお宝の強制没収は横暴すぎるぞ！　クリスの居場所は本当に知らないんだ！　だってアイツと盗みに入る時って、いつも向こうから来るんだもん！　突然夜中にやって来て部屋の窓から入ってくるんだ！」

　別にお宝が没収されそうになった事が理由ではない、俺はクリスを売ったのではなく、住処(すみか)については本当に知らないので真実を話しただけだ。

と、俺を締(し)め上げていた手を離し、ダクネスがふと何かを考え込んだ。

「そういえば私もクリスとは長い付き合いなのに、普段どこで寝泊(ねと)まりしているのかは知らないな。……おいカズマ。クリスはいつも、部屋の窓からやって来るんだな？」

4

その日の夜。

窓がコンコンと叩(たた)かれると小さな声が聞こえてきた。

(助手君、今日は写真を持ってきたよ。お宝交換の首尾(しゅび)はどうだい？ ダクネスは要求に応じてくれるかな？)

カーテンが開くと共に窓が開けられ、クリスが腕(うで)を摑まれた。

「お宝交換の首尾なら順調だ。こうして写真を奪(うば)えるからな」

「ダダダダ、ダクネス!? どうして居るの!?」

クリスの腕を摑んだのは怒り心頭のダクネスだった。

ダクネスは、混乱し上擦(うわず)った声を上げるクリスに顔を寄せ、

「この屋敷は私達皆の家だ、私が居るのは当たり前だろう？　さあクリス、まずはその写真を寄越せ！　そして、どうしてこんなバカな事をしたのかを聞いてやる！」

「待ってえええええええ！　助手君、キミってばあたしを売ったんだね⁉」

ゆさゆさと揺さぶられながらクリスが叫ぶ。

俺はベッドに仰向けに寝そべった体勢で、

「過酷な責めでベッドから起きられなくなったこの姿を見てくださいよ。頑張ってみましたが、ダクネスの尋問には耐えられなかったんです」

「リラックスして本読んでるじゃん！　ぐうたらしているいつものキミじゃん！」

泣き喚いていたクリスは部屋の中に引き摺り込まれ、絨毯の上に正座させられた。

「ダクネス！　先に言っておくけど、あの脅迫状を作ったのは助手君だからね！」

「あっ⁉　部下を売るなんて酷いですよお頭、それを言うならそもそもダクネスの家に侵入しようって言い出したのはそっちでしょう！」

醜い争いを始めた俺達に、ダクネスが低い声で言い放つ。

「二人ともちょっと黙れ」

「「はい」」

……なぜか俺まで絨毯の上で正座させられ、経緯を説明する事になった。

「——つまり、危険な神器が当家にありそうだからそれを手に入れようとした、と。……なあクリス、私は以前言っただろう？　盗みに入る前に相談しろ、悪いようにはしないから、と……」

それまで怒っていたダクネスは、キュッと口元を引き結ぶ。

「神器を前にした貴族が信用出来ないという気持ちは分かる。伝え聞いた話では、神器と呼ばれるマジックアイテムはどれもこれもが規格外だ。そんな物を貴族が手にしたならば、家を繁栄させるのも思いのままだろう。でも……」

ダクネスは少しだけ悲しそうな表情で、諭すようにクリスに言った。

「私も確かに貴族だが、どうか信じてくれないか？　親友であるクリスの事は決して裏切らないとここに誓おう。だから……。お願いだから私を頼ってくれ」

「ダクネス……」

……そうだった、コイツは何だかんだで真面目なのだ。

欲に塗れた貴族とは違い、自らが莫大な借金を背負ってまで民を救おうとする、貴族の鑑みたいなヤツなのだ。

しんみりした空気の中、俺はクリスに尋ねる事に。

「こう言ってくれてるんだし、本当の事を話した方がいいんじゃないか？　クリスは、ダクネスが神器を手に入れたなら絶対手放しそうにないって言ったけどさ。今のコイツを見ても、まだそう思うのか？」

「助手君……。うん、そうだね。ダクネスは親友だもん、神器なんかよりあたしとの友情を取ってくれるよね。疑ったりしてごめんね、ダクネス」

申し訳なさそうなクリスの言葉に、ダクネスはクスリと笑みを零す。

「まだどんな神器なのか聞いていないから分からないぞ？　それがよほど民のためになると言うのであれば、なんとしてでも手に入れようとするかも知れないしな」

優しげな笑みを浮かべてからかうダクネスに、クリスが言った。

「その神器の名前は『隷属の首輪』。首輪をつけた相手を屈服させるアイテムで、所有者の命令に従わない場合、とびきりの苦痛を与える物なんだ」

「……………………。」

「おいダクネス、何とか言えよ。私がそんな物を欲するわけがないだろう、とか」

「えっ。……………私が……そんな物を……欲する……わけが…………」

知ってた。名前を聞いた瞬間に、ダクネスの目付きが変わったのを俺見てた。

異世界物の漫画でよくある奴隷化アイテムだが、こんなにもダクネスが欲しがりそうな神器はそうそう無い。

「ね、ねえダクネス、あたし、信じていいんだよね？　最初はダクネスが買い取ったと思ってたんだけど、首輪型の神器に心当たりはある？　ダクネスの家には無いんだよね？」

クリスが少しだけ疑いの目を向けるのを、ダクネスは真剣な眼差しで見詰め返す。

「ああ、残念な事にその神器に該当しそうな物は無いな。……というか、もう少し神器について詳しく話してくれないか？　とびきりの苦痛とはどの程度のレベルなのか、首輪の所有者として認識されるにはどんな条件があるのか。所有者が決まっていない場合に自ら首輪をつけた際には、どのような効果があるのか。首輪を外そうとするとどのようなペナルティがあるのか。あと……」

「もういい、お前は黙ってろ。詳しい話は俺が聞く」

「……ねえどう思う？　確かに家には無さそうだけど、助手君はこの子を信じられそう？」

既に大分アウト寄りだが、効果としては確かに危険な神器だ、ダクネスが自分の欲望より貴族としての誇りを取ると信じたい。

俺達の疑惑の視線を受けて、ダクネスがキッと表情を引き締める。

「大丈夫だ。ほんの一瞬だけ心が揺らいだが、どうか私を信じてくれ。そして、クリスは私以外の貴族がコレを欲しがらないと思っていたようだが、それは違うぞ。むしろ日常的にメイドにセクハラを行う正統派貴族であれば、誰もが欲しがるアイテムだ」

「助手君、あたしの活動は間違ってなかったって確信したよ。貴族ってやっぱりダメだ」

「この国の貴族連中は一度全財産ぶんどられた方がいいと思う」

5

貴族街の豪華な屋敷の前で、ダクネスが声を張り上げた。

「クランク男爵に告ぐ！　家に居るのは分かっている！　これよりダスティネス公爵家が持つ監督権を行使する！　貴家の宝物庫を改めさせてもらおうか！」

ダクネスの後ろには武装したダスティネス家の兵士がズラリと並び、俺とクリスはといえば、その最後尾で成り行きを見守っていた。

「どうしようか助手君。あたしここまで大事にする気は無かったんだけど」

「こうなっちゃったものは仕方ありません。もう俺達の手は離れました、後は成り行きに任せましょう」

ダクネスが本気を出した。

日頃のドＭっぷりはなりを潜め、今のダクネスは正しく大貴族の令嬢だ。

包囲された屋敷から慌てて転がり出て来たのは、金ぴかの貴金属をジャラジャラつけた小太りの中年男性。

「ダダダダ、ダスティネス様！　ここ、これは一体どういう事で!?」

「これはこれはクランク男爵。朝から趣味の良い香水を付けておられるようで、実に羨ましい限りですね」

目の前の、今にも泣き出しそうな顔の男性がこの家の当主のようだ。

ダクネスはそんなクランク男爵を冷たい目で見下ろしながら、貴族特有の言い回しで酒の匂いを漂わせている事を指摘し、暗にいいご身分だなと告げていた。

「き、昨日は遅くまで仕事をしていたので、たまには良いかと深酒をしてしまいまして……。それよりも、宝物庫を改めるというのは些か乱暴ではありませんか？　私にはそんな事をされる理由が思い当たらず……」

少し落ち着きを取り戻したのか、クランク男爵はしどろもどろながらも言い返す。

そんなクランク男爵に、ダクネスがねちっこく責め立てた。

「理由が思い当たらない？　そんなはずはないだろう。領地も持たない年金貴族である貴方の年収など簡単に予想出来る。……だがおかしいなあ、クランク男爵の暮らしを見ていると、とても計算が合わないのだが……」

「そそそ、それは……！　よ、寄親である侯爵様から、定期的に支援を受けておりまして……。別段疚しいことは特に何も」

「無いわけがないだろう！」

ねちっこく貴族を責め立てていたダクネスが突然切れた。

「かの侯爵家と共にモンスターの売買を行っているそうだな！　女性型モンスターを集め、いかがわしい目的で売り飛ばすとは恥を知れ！　たとえモンスターといえど褒められた行いではないぞ！」

なるほど、突然屋敷を包囲したのにはそれなりの理由があったのか。

欲に塗れたダクネスが、貴族特権を乱用して強盗を働こうとしたと勘違いした。

「し、知らない！　私は知らない！　そもそも、そんな目的で売ってない！　確かにモンスター売買事業は行っていますが、高い経験値が得られるモンスターを捕まえ、それを金持ちに売っているだけ……」

「嘘を吐くな！」

ダクネスが、青い顔で弁解するクランク男爵に最後まで言わせる事なく遮った。

「貴様がメイド達に躾と称してセクハラを行っているのは知っている！　そのような男が捕らえた女性型モンスターに卑猥な事をしないわけがない！」

「メ、メイドにセクハラするのは貴族の嗜み、それを理由に難癖を付けられるいわれは無いはずだ！　横暴だ、こんなやり方は横暴だ！」

メイドさんにセクハラしている事は認めるんだ。

「もういい！　者共、宝物庫を調べ上げろ！　そこに禁制品があるはずだ！」

「そそそ、そんな物は無い！　やめろおおおおおおおおおお！」

これ以上の問答は無用とばかりに、ダクネスが命令を下した。

必死に止めようとするクランク男爵の脇をすり抜け、兵士達が次々と屋敷に押し入る。

……と、屋敷に突入して数分も経たないうちに兵士が何かを手にして戻って来た。

「お嬢様！　宝物庫にてこのような物が見付かりました！　絶滅危惧種のため今や禁制品に指定されている、ゴールデンカモネギの経験値エキスです！　他にも、今は滅んだとされる雄オークの睾丸を使った強壮薬など、禁制品がゴロゴロと……！」

それを受けて、クランク男爵が観念したかのようにガックリと膝を突く。

その様子に、てっきりクランク男爵に冤罪を着せようとしていると思っていた俺とクリスは、驚きながら顔を見合わせた。

「やはりあったか！　それで、他にもヤバい物があっただろう？　例えば首輪型の魔道具だとか、服従させる系の魔道具とかが！」

「いえ、そのような物はありませんでした。ほとんど経験値アップ系の物か精力剤です」

…………………。

「そうか……」

「おいダクネス。ちゃんと仕事して十分な結果も出したのに、その顔なんだ」

貴族らしい活躍をしたにも拘わらず、ダクネスは残念そうにショボンとしていた。

——それから。

「御用改めである！　プレリュード伯爵、貴方には現在禁制品取り扱いの疑いがかけれている！　宝物庫を見せてもらおうか！」

「ダスティネス様⁉　このような抜き打ちでの捜査は卑怯ではないか！　確かに禁制品を持っている！　だが、ところてんスライムを個人で楽しむ分には自己責任で……」

ダクネスは特に悪い噂のある貴族邸を襲撃し続け——

「カルパス男爵に告ぐ！　これより貴家に対し、家宅捜索を行う！　理由については分かっているな⁉」

「ダスティネス様、これには訳が！　実は私は難病におかされているのです……。税金を支払うと酷い腹痛に襲われて、頭痛、吐き気、腰痛、不眠などの症状が……」

「お前達、宝物庫の中身を全て差し押さえろ！」

朝から始まった家宅捜索は――

「ダダ、ダスティネス様、魔改造スライムの良いのが有りますわ！　触手が素敵なローパーも！　今なら通が好むエロモンスターの数々を横流し可能で……」

「その女にそれ以上喋らせるな！　施設内の違法なモンスターはダスティネス公爵家の一時預かりとする！　……カ、カズマ、その目は何だ。言いたい事があるなら言ってみろ！」

陽が暮れる頃には――

「プリモ子爵！　貴方には現在……あっ！　逃げたぞ、追え！」

「子爵を追うのは我々が！　お嬢様は屋敷内への突入をお願いします！」

「見ろ、子爵の屋敷の庭に大量の安楽少女が植えられているぞ！　あのおっさん、街中でこんな悪質なモンスターを育てて何考えてんだ！」

「除草剤だ、除草剤を持ってこい！」

脛に傷を持つ貴族達を追い込む事に成功していた――

6

「ねえ助手君、ダクネスがここまでするとは思わなかったよ。これってあたしのせいなのかな……？」

いつになく引いているクリスに対し、ダクネスが口を開いた。

「クリス、安心しろ。別に神器の件が無かったとしても、今日押し入った貴族達は別件で調査中だった。遅かれ早かれ突入していたのは間違いない」

「だそうですよお頭、良かったですね。むしろ悪徳貴族が早く捕まった分、お頭の功績と言ってもいいぐらいです」

そんなダクネスと俺の言葉に、クリスが嫌そうに眉を顰めた。

「……助手君、あたしだけに責任押し付けようとしてない？　これって半分はキミの功績だからね？」

「俺はただの助手なんで、手柄は全部お頭にあげますよ」

――ここは貴族街の中央に位置する一際豪華な屋敷の前。

俺達が功績を押し付け合う中、貴族が雇った私兵達が緊張の面持ちで並んでいる。

それらと向き合って対峙しながら、ダクネスがおもむろに口を開いた。

「さて。これまでは全て空振りに終わったが、ここは最後まで後回しにしていた本命だ。

財力、闇ルートへのツテ、そして当主の性癖など。これらを考えるに例の神器を所有している可能性は最も高い」

「この金ぴかの家を見れば、俺でも悪い事やってそうって予想出来るよ。というか可能性が高いならどうして一番後にしたんだ？　ここを真っ先に狙えば良かったんじゃ……」

兵を後ろにズラリと並ばせたダクネスに俺は疑問を口にする。

「うむ……。このシュメール侯爵はアクセルの街で私の家に次ぐ家格を持つ、古くからの大貴族でな。出来る事なら、確たる証拠を固めた上で捜査を行いたかったのだが……」

つまり今まで襲った貴族家は確たる証拠も無いのに押し入ったのか。

俺は引いているクリスと共に、声を潜めて話し合う。

(ねえ助手君、これが無法者ってヤツなんだね。この子あたしの親友なんだけど、そろそろ友人にランクダウンするべきかな)

(そんな事言い出したら俺なんて、コイツの同居人でパーティーメンバーなんですよ？　親友や友人なんていつでも距離を置ける分、ずっとマシじゃないですか)

「二人とも聞こえているぞ！　襲撃した貴族は全員真っ黒だったじゃないか！」

さすがにちょっと自覚はあるのかダクネスが顔を赤くして言い募る。

——と、その時だった。

「一体どこの無法者かと思えばダスティネス様ではありませんか。これはどうした事ですか？　茶会にお誘いをした覚えは無いのですが、随分と乱暴なお出ましですね」

屋敷を守っていた私兵が割れると、手にした扇で口元を隠した、赤みがかった瞳を持つ美女が現れた。

これぞ貴族といった出で立ちの女は完全武装のダクネスを舐め回すように眺めると。

「公爵家の御令嬢とは思えない出で立ちですが、騎士様ごっこにでも興じられているのかしら？　ダスティネス様は冒険者だったはず……。冒険ごっこには飽きられたのですか？」

敵対派閥の貴族なのか、その女性はやたらとダクネスを煽ってきた。

当のダクネスはこの手の煽りには慣れているのか、不敵な笑みを浮かべると、

「これは騎士様ごっこではないぞ、シュメール・ミード・ひゃんひゃん。本来であればもう少し証拠を押さえてからにしたかったが、そうも言っていられない事情が出来てな」

真剣な顔のダクネスが相手に負けず劣らずの貴族感マシマシで返しているが、俺はどうしてもツッコまずにいられなかった。

「紅魔族の方ですか？」

「ち、違うわよ！　そこの平民、私を紅魔族呼ばわりしたら赦さないわよ！」

赤みがかった瞳でキッと俺を睨み付けてくるひゃんひゃんに、

「でも今ダクネスが、あんたの事ひゃんひゃんて」

「お黙り！　それ以上私の名前を弄るなら処刑するわよ！」

でも赤みがかった瞳といい名前といい、絶対ご先祖様に紅魔族が居るとしか……。

と、困惑気味の俺に向けて、ダクネスが説明を付け加える。

「シュメール家は代々強力な魔法使いを輩出する家柄でな。確か先々代当主が迎えた妻が紅魔族だったはずだ。貴族は強い者の血を好んで取り入れるから……」

「なるほど、ひゃんひゃんの婆ちゃんが名付け親になったのか」

「それ以上私の名前を弄るなら処刑すると言ったはずよ、平民！『カースド・ライトニング』！」

名前にコンプレックスを抱えているのか、ひゃんひゃんが突然魔法を放った。

それは、レベルが低く魔法耐性も弱い俺がまともに食らえば即死を免れない上級魔法。

だが——

「ぐう……っ、中々やってくれるではないか、シュメール！」

「ダスティネス……！」

ダクネスが咄嗟に俺の盾になり、放たれた魔法をその身で防ぐ。

流石は耐性お化けのダクネスなだけあり、あんな魔法の直撃を受けたにも拘わらず、ちょっと嬉しそうな顔をしながらピンピンしていた。

「証拠不足が不安だったが、それどころでは無くなったな。街中での上級以上の魔法行使は犯罪だ。しかも公爵家である私に傷を負わせたのだ、大義は私の方にある！」

勝ち誇るダクネスに、ひゃんひゃんは泣きそうな表情を浮かべて叫ぶ。

「お、おのれ謀ったなダスティネス！　貴方なんてララティーナのくせに、名前弄りで挑発して手を出させるのは汚いわよ！　恥ずかしい名前を付けられた者同士、今までパーティーで出会っても、下の名は呼ばないであげていたのに！」

「ラ、ララティーナと呼ぶな！　私は挑発などしていない、仲間が勝手にやった事だ！」

この二人は案外気が合うんじゃなかろうか。

「でもあたし、ララティーナもひゃんひゃんも可愛い名前だと思うけどな」

「俺の場合も紅魔族が身近に居るので変わった名前なんて今さらですよ」

そんな俺達のやり取りが聞こえたのか、対峙したまま羞恥で赤くなるひゃんひゃんとララティーナ。

「これ以上の言葉は必要無いわね、ダスティネス！　あなた達は当家の宝物庫を漁りに来た賊と認定するわ！　私は魔法で盗賊を撃退しただけだと、裁判ではそう証言させて貰うわよ！」

ひゃんひゃんが宣言すると共に片手を上げると、後ろの私兵達が身構えた。

「それは分かりやすくていいな、シュメール！　なら力尽くで押し通る！　私は貴様が生粋のドSだと知っている、宝物庫にそれらに纏わる禁制品が眠っているだろう事もな！　あるのだろう、『隷属の首輪』が！　ソレをお気に入りの男にはめて、いやらしい命令を下すつもりだな、ド変態め！」

「ひ、人聞きが悪いわよダスティネス、貴方なんて生粋のドMのクセに！　というかどうしてウチの宝物庫の中身を知っているのよ……い、いや、ちょっと待ちなさい。この辺りの貴族の屋敷を襲撃している本当の理由は、犯罪捜査だの正義の行いだの、そんな真っ当な理由じゃなくて……」

ひゃんひゃんが顔色を変える中、先頭に立ったダクネスが剣を引き抜き、それ以上言わせないとばかりに気勢を上げた。

「乗り込め――――！」

7

その日の夜。

（助手君、まだ起きてるかい？）

（ええ、もちろん起きてますよ。既(すで)に準備も出来てます）

バルコニーから訪ねてきたクリスに向けて、俺は窓越(まどご)しに囁(ささや)き返した。

既にほとんどの酒場が店を閉め、アクアも眠る時間帯。

俺は仮面を手に取るとバルコニーへと躍(おど)り出(で)た。

（おっ、久しぶりにその仮面を見たよ。今夜の助手君は本気だね）

（ここで本気を出さないと、あのバカを取り押さえられないでしょうしね）

互(たが)いに示し合わせたわけではないが今夜やるべき事はお互い理解している。

（あの子はちょっと痛い目を見せてあげなきゃいけないからね。あれだけ私を信じろとか言ってたくせに、これはタダじゃ済まされないよ）

（ええ、普段(ふだん)説教してくるダクネスを、今夜は泣くまで叱(しか)りましょう）

——ひゃんひゃんの家に突撃(とつげき)を敢行(かんこう)したダクネスは、率いていた兵と共に派手に暴れて宝物庫に押し入った。

その結果予想通りと言うべきなのか、そこには数々の禁制品が保管されており、全てダスティネス家に押収された。

その後、それらの証拠を見せ付けて勝ち誇ったダクネスと、裁判ではお前の性癖から何から全部ぶちまけてやると宣言したひゃんひゃんが取っ組み合いの喧嘩を始めたため、俺とクリスがバインドを使って二人を拘束。

後は数々の証拠を元に、ダクネスや王家の人々に任せてめでたしめでたし、で済めば良かったのだが——

(『残念ながら該当の神器は見付からなかった。だがクリス、安心してくれ。首輪は必ず探し出してみせる！』って、あんなにホクホクしながら言っても説得力がまるで無いよね。だからあたし言ったんだよ、ダクネスには絶対持たせちゃいけない神器だって。あの子とは長い付き合いの友人だからね、必ずこうなるって信じていたよ)

あの時のダクネスの前に、嘘を吐くとチンチン鳴る魔道具を置いたらずっと鳴り止まなかっただろう。

クリスの親友から友人にランクダウンしたダクネスは、押収した数々の証拠である禁制品を抱えて帰って行った。

俺だってダクネスとは長い付き合いの知り合いなのだ、アイツがこれから何をしようとしているのかは分かっている。

（ところで助手君。最悪の事態は考えてる？）

（……最悪の事態って何ですか？　俺の予想では、今頃隷属の首輪を自分に使って遊んでると思うんですが）

だがクリスは首を振り、真剣な声色で。

（アレは本来一人でどうこうする物じゃないからね。誰かを服従させる神器な以上、ダクネスが首輪を使って変な事をしようとするならご主人様が要るんだよ）

隷属の首輪の効果は、首輪をつけた相手が所有者の命令に従わない場合、とびきりの苦痛を与えるというものだ。

その苦痛を受けるためにはダクネスに命令を下せる所有者が必要なわけで――

（なるほど……。アイツ、一体誰をご主人様にするつもりなんですかね。まさか家人を巻き込むつもりじゃ……？）

と、クリスはニマニマしながら囁いた。

（ダクネスの恥ずかしい性癖を知ってる相手。そして、万が一とびきりの苦痛に耐えられず、命令に逆らえなくても構わない相手。そんなの誰だか決まってるじゃん）

……うん、まあ、正直言ってちょっとだけそんな気もしていた。

というか、下した命令によっては口では嫌がりながらも従いそうだし、実は少し期待もしている。

俺は照れ照れと後ろ頭を掻きながら、

(いやあ、やっぱそう思います？　でも困るなぁ、俺達ってほらパーティーメンバーなわけですし？　そういった一線越えちゃったら、明日からどんな顔していいのやら……)

(このこの、キミだって満更でもなさそうじゃん。ほら、ご主人様に指定されたら何を命令するのか言ってごらん？　今なら神器のせいにして、ダクネスに色々出来るんだよ？)

クリスが俺の脇腹を肘で突っつきからかうように言ってくる。

「そうだなあ……。○○からの××で、ついでに○って○して○×しろって命じてやりたい。おっと、もちろんメイド服は標準装備、でも下着の方は……。お頭、自分から振っといてドン引きするのは無しですよ」

「これで引かない方がどうかしてるよ。ダクネスですら引きかねないよ。キミは神器に触っちゃダメだからね」

この人は自分から振っておいて何て酷い事言うんだろう。

とはいえ、ダクネスがもうご主人様は誰でもいいやと血迷う前に、一刻も早く隷属の首輪を奪わなくては。

俺は手にしていた仮面を身につけて、久しぶりに本気を出す決意を秘めると。

「……さっき言った事はやらないって約束するんで、もしご主人様になったらちょっとだけ神器で遊んでいいですか？」

「神器を悪用するのなら、天罰を与えますよカズマさん」

すいませんでした。


——ダスティネス公爵家に兵士達の大声が響いた。

「賊だー！」

三度目の正直という言葉がある。

ここ数日間でとうとう三度目になるダスティネス邸への侵入だが、それも今夜で終わりにしたい。

というわけで、今夜は小細工は一切無しだ。

「まさかの強行突破とは思わなかったよ。今夜の助手君は本当に本気だね」

「この仮面をつけると、なんだか妙な万能感が湧いてくるんですよね」

特に満月が近いとその傾向が強くなるのだ。

バニルから貰った仮面だが、まさか呪われてるって事は無いよな？

「お前達、ここがどこだか分かっているのか!?」

「先日宝物庫に侵入し、お嬢様のアルバムに落書きしたのもお前達か！」

真正面から屋敷に堂々と押し入ると警備の兵士が声を上げる。

兵士達の声を受けて、俺はクリスに目を向けた。

「目を離した隙にそんな事やってたのか」

「友達の顔写真に落書きするのってちょっと憧れがあったんだよね」

照れ照れと後ろ頭を掻きながら、クリスが目の前の兵士にロープを向ける。

「『バインド』！」

「ふんっ！」

クリスがスキルでロープを飛ばすが、兵士は難なく剣で斬り払う。

あっさりとスキルを無効化され、クリスが軽く動揺を見せた。

「じょ、助手君、この人達ちょっと強いよ！」

「ダクネスの実家の兵ですからね、そりゃあ雑魚なんていませんよ。『クリエイト・アース』！　『ウインド・ブレス』！」

「ぐあっ!?」

「こ、こいつ……っ！」

目の前の兵士が目をやられて動きを止める。

その隙に隣を抜けようとした俺達に、別の兵士が声を上げた。

「おい、この連係は見た事があるぞ！　コイツ、以前当家に侵入したお嬢様の御友人だ！　目潰しと氷魔法に気を付けろ！　他にも何をするか分からんぞ！」

「ああ、あの時の！　というか、マスクで口元を覆った銀髪少年の方も見覚えがあるぞ。こっちもお嬢様の御友人だ」

いきなり正体バレてるやんけ。

「ちちち、違うよ、あたしとダクネスは無関係だよ！　だって少年じゃないからね！」

「お頭、ここは作戦変更です。ダスティネス家の兵士は強いですし、事情を話してこっち側に引き込みましょう」

と、その時だった。

「これは一体何の騒ぎだ」

数名の兵士を引き連れながら、ダクネスの親父さんが重々しい声と共に現れた。

片手に幅広の長剣を携えた親父さんは、貴族らしく強者オーラを漂わせている。

そう、この世界の王族や貴族は基本的に強いのだ。

俺とクリスが緊張感を抱いていると、親父さんはふっと表情を緩め、

「君達は……。娘の友人のクリスとカズマ君じゃないか。こんな時間に何事かね？」

「あたしは娘さんとは無関係の、通りすがりの義賊です」

「親父さん、お久しぶりです。これには深い理由がありまして」

あっさりと認めた俺に向け、クリスが食って掛かってくる。

「ちょっと助手君、キミは諦めるのが早過ぎるよ！　キミの国の偉い人が言ってたでしょ、諦めたらそこで終了だって！」

「お頭、この状況はどうにもならんですよ。それに親父さんなら話せば分かってくれますって。だって娘がやらかした事ですもん」

ダクネスを見ていると勘違いしそうだが、この親父さんは公爵家の当主なのだ、強くないわけがなく、ここは素直に謝るのが一番だ。

と、クリスに向けた俺の言葉に、親父さんが反応する。

「……娘がやらかした？　一体どういう事なのか、話を聞こうか」

8

応接間に通された俺とクリスは全てをチクった。

話を聞き終えた親父さんが頭を抱えて蹲る。

「君達には大変な苦労をかけた。慎重なあの子が、今日に限って強引な捜査を行っていたので違和感はあったのだが……。いや、本当にすまなかった」

そう言って頭を下げる親父さんに、俺はコクリと頷いた。

「全くですよ。おたくの娘さんどうなってんですか、ちゃんと躾けてくださいよ」

「ちょっと助手君、黙ろうか。ええと……。そういうわけで、多分ダクネスが神器を隠し持ってると思うんです。アレは危ない物なので取り上げたいんですけど、力を貸してはもらえませんか？」

「ああ、そういう事なら協力しよう。私も娘を信じてやりたいとこなのだが……」

自分の娘に理解がある親父さんが恥ずかしそうに口籠もる。

「俺は絶対黒だと思います」

「ちょっと助手君、親御さんの前だよ、慎んで。あたしだってダクネスを信じてあげたいけどさあ……」

「いや、お恥ずかしい話だが、私も娘は黒だと思う」

流石お父さんなだけあって、娘さんを別の意味で信頼してますね。

——親父さんの協力を得られた俺達は、ダクネスの部屋の前へとやって来ていた。

親父さんのみではなく、既に屋敷の人達にも事情を説明済みだ。

この件が無事解決してもまたお嬢様がバカな事をしたと家人皆に知られたわけだ。

ダクネスには後で羞恥でのたうち回ってもらうとしよう。

俺とクリスは互いに顔を見合わせて頷き合うと、ドアに耳を寄せて様子をうかがう。

すると、部屋の中からダクネスの焦りの声が聞こえてきた——


『——クソッ！　これは一体どう使うんだ、説明書きは付いてないのか！　しかし仮にも神器、扱いを間違えば大変な事になるし……』


思い切り黒だった。

俺達は互いに顔を見合わせると、

「アイツ、お頭の友達なんでしょう？　真っ当な道に戻してやってくださいよ」

「あの子はただの知り合いだよ。キミこそパーティーメンバーで同居人なんだから、あの子を真人間にしてあげてよ」

俺はダクネスとはホームシェアしてるだけの知り合いですよ。

『そこに居るのは誰だ!?　今日は誰も部屋に近付くなと言ったはずだぞ！』

もう声を潜めもせず話したせいで、中のダクネスに気付かれたようだ。

いつになく強めの命令口調が若干上擦っている事から、本人もやましい気持ちがあるのだろう。

家人ならこの強気の命令でどうにか出来たのだろうが、あいにく俺達には通じない。

俺はドアをドンドンとノックしながら、

「おれおれ、俺だよ俺。カズマだよ。いいからとっととこのドア開けろ」

「クリスさんもいるからね。ちょっとあたしと話をしようか」

『な、なぜ二人がここに⁉　い、いやえっと、今日はもう遅いから明日にしないか⁉』

部屋の中から息を呑む音と共にダクネスの慌てた声が聞こえてくる。

そんなダクネスの返事を聞いて、クリスが針金を取り出した。

「助手君、ロープの用意は出来てるね？　あたしが鍵を開けたら即座に突入。そしたらバインドで縛り上げて無力化してね」

「任せてください、簀巻きの刑にしてやりますよ」

『やや、止めろ！　こんな時間に公爵令嬢の寝室に押し入れば大変な事になるぞ！』

このままではドアを開けられると判断したのか、ダクネスが権力を振りかざしてきた。

だが……。

「ダクネスのお父さんから既に許可をもらってるよ。むしろ、娘をお願いしますって頼まれたからね」

「ついでに言うと窓から逃げようとしても無駄だからな。お前のところの兵士の皆さんが窓の下で待機中だ」

『!?』

クリスが鍵を開けた瞬間、俺は部屋のドアを蹴り開けた！

「『バインド』！」

「食らうかあああ！」

部屋に入ると同時に放たれたロープは、ダクネスがぶん投げたベッドを拘束した。

「こ、こいつ、普段は雑魚なくせに！」

「外の会話が筒抜けだ、私にだって知恵はある！　そう何度も縛られてたまるか！」

今夜のダクネスは本気らしい。

ネグリジェ姿のダクネスは、ベッドをぶん投げたせいか荒い息で言い返してきた。

いつもはあっさり拘束されるはずのバインドに、しっかり対策が練られているとか……。

「……お前、普段俺が使うバインドにろくに抵抗出来ないのって、わざと食らってるとかじゃないんだよな？」

「それについては黙秘する。……む？　お前達、もう拘束用のロープが無いようだが」

身軽さを優先し、俺もクリスもバインド用のロープは一つしか持って来ていない。

クリスのロープは先ほど兵士に斬り払われ、俺のロープはベッドに絡み付いていた。

「そこはまあダクネスが相手だし、どうにでもなるだろ。そもそもこっちは二人なんだぞ」

「そうだね、むしろ身軽なあたし達にダクネスの攻撃が当たるわけないじゃん。こっちはスティール使えば一発なんだよ？」

コイツがバインドを防いだのは意外だったが、こっちには屋敷の人達も味方しているのだ、既に勝ちは見えている。

……と、その事は分かっているだろうに、ダクネスが不敵に嗤った。

「冒険者と盗賊が本気になったクルセイダーに勝てるとでも？　それに、お前達は目的をはき違えていないか？　例えば、この首輪だが……」

ダクネスはそう言って、足下に落ちていた首輪を拾い上げる。

「『スティール』」

俺達がスキルを発動しようとした瞬間、それをぽんと後ろに放り投げた。

「こうして私が持っていなければ、スティールで奪う事も出来なくなる」

スティールは対象者の持ち物からランダムで何かを奪うものだ。

石やガラクタをたくさん持つというスティール対策であれば、俺とクリスの幸運なら奪えた自信があったのだが……。

「ねえ助手君、ダクネスがいつになく賢(かしこ)いよ！　この子一体どうしたの⁉」

「バインドも防いだしおかしいですね。いつものポンコツぶりが消えてます」

「ふ、普段の私がバカみたいな言い方はよせ！　それなりの教育を受けた貴族令嬢だぞ！」

どうやら昂ぶった欲望(よくぼう)がダクネスの知能をフル回転させているようだ。

となると、コイツと真正面からやり合わなければいけないのだが……。

「じょ、助手君、キミがダクネスを押さえてね。その間にあたしが首輪を奪うから」

「い、嫌(いや)ですよ。ゴリラ並みの握力(あくりょく)を持つコイツを俺が押さえるのは無理です。お頭ならそこまで酷(ひど)い事されなそうですし、そっちが囮(おとり)をお願いしますよ」

互いに囮役を押し付け合いながら、俺達はジリジリとダクネスに近付いていく。

隙(すき)あらば首輪に飛び付き奪ってやる魂胆(こんたん)なのだが、ダクネスもこちらの狙(ねら)いはお見通しのようだ。

「おいダクネス、ここは一つ取引しよう。しばらくの間それを使って遊ばせてやる。何なら俺がご主人様になってもいい。それで満足したらクリスに渡(わた)す。これでどうだ？」

「佐藤和真さん、私の前でそんな不埒(ふらち)な取引は赦(ゆる)しませんよ」

クリスのマジトーンな言葉に俺が一瞬怯(いっしゅんひる)んでいると。

「私を侮るなよカズマ！　ダスティネス一族の誇りに懸けて、コソ泥に盗られるぐらいなら神器を自らに使う覚悟ぐらい出来ている！」

ダクネスは堂々と宣言すると、後ろに転がる神器を素早く拾い、迷う事なく首にはめた。

そう、俺達の目的である隷属の首輪がガッチリとその首に……。

「コイツとうとうやりやがった！　普段そこそこまともなクセに、どうしてお前は欲望に対してだけは躊躇が無いんだ！」

「この子って本当にどうしてこうなの⁉　助手君は下がってて！　ダクネスのご主人様にはあたしがなるから！」

クリスがそう言って俺からダクネスを守るように前に出る。

「いや待ってくれ、ダクネスは大切な俺の仲間だ。この責任は俺が取る」

「ダメだよ、どうせダクネスにえっちな命令する気でしょ⁉　あたしがご主人様になったところで、せいぜい大通りで歌わせるぐらいだもん！」

「俺を見損なわないでください、ちゃんとコイツが嫌がる事だってやりますよ！　フリッフリの可愛いのを着せて、公園で小さい子と一緒に遊ばせてやるんです！」

「し、神器をつけた事をちょっとだけ後悔してきた……」

言い争う俺達にダクネスは軽く引くも、意を決したようにこちらを指差し、

「ご主人様はお前だ、カズマ！　この私、ダスティネス・フォード・ララティーナはサトウカズマに隷属する！」

そんなダクネスの宣言に首輪が小さく輝いた。

手ずから首輪をつけた相手を無理矢理隷属させるのかと思ったのだが、こんな使い方をする神器だったのか。

ご主人様って押し付けられるものだったのか……。

「こんな使い方も出来たんだねえ……」

違った。どうやら神様にとっても予想外の使い方だったらしい。

「さあカズマ、私に命令を下してみろ！　従ってやってもいいと思える命令なら聞いてやる。だが、少しでも気に食わなければ全力で反抗しよう！」

勝ち誇ったダクネスが宣言してくるが、そんなものは……、

「ああ、何も命じないというのは無しだ。奴隷の行いは主人の責任、私をしっかり躾けなければ何をしでかすか分からんからな！」

何も命じなければいいかと思ったら、奴隷が最低な脅しをかけてきた。

「お頭。俺、この奴隷要らないんですけど」

「あたしだって要らないよ。でもご主人様になっちゃったんだからキミが責任取らないと」

どうしよう、隷属の首輪なんて神器だし、さすがにスティールでも外せないよな……。

俺の思っていた奴隷と違う、異世界の美少女奴隷ってもっとほのぼのしたもんだろう、どうしてご主人様が脅迫されるんだ。

俺はいやいやながら、ダクネスに。

「じゃあ……。そのネグリジェの裾を少しずつ扇情的にめくってください」

「じょ、助手君……」

クリスがドン引きで後退るが、俺は不可抗力だと強く言いたい。

「ふっ、いきなり欲に塗れた要求だな！　素直に従ってやってもいいが私ララティーナちゃん五歳！　カズマお兄ちゃん、私と遊んで！⁉⁈‼⁈⁉」

ダクネスがいきなりぶっ壊れた。

だが、突然バカな事を言い出した本人がなぜか一番困惑している。

「お頭、俺こういう時にどんな顔すればいいのか分からないんですが」

「笑ってやればいいと思うよ。はあ……バカだなあダクネスは。その神器は、命令に従わない場合とびきりの苦痛を与えるって言ったじゃん」

とびきりの苦痛。

クリスは身体に痛みが走るとは言っていない。

それはつまり、本人にとって苦痛とする事が起きるわけで……。

「……ダクネス、あざと可愛いポーズを取って、猫語で会話してみてくれ」

「絶対嫌だにゃん、カズマにゃん後で覚えておくにゃんぶっ殺してやるにゃん！」

「可愛いよダクネス！　ちょっとダクネスのお父さんから魔導カメラ借りてくる！」

目に涙を浮かべながら、顔を真っ赤にしたダクネスがアイドルみたいなポーズを取る。

俺の命令に従ったのか、とびきりの苦痛の結果こうなっているのか判断が難しい。

と、ダクネスは可愛いポーズを取ったまま、

「おいカズマ、あまり調子に乗ると後悔するぞ。こういった形で権力を使いたくなかったが、私は公爵家の令嬢だ。お前に辱めを受けたと触れ回れば、世間はどっちを信じると思う？　日頃の行いに関しても私に分があると思っている。さあ、分かったらバカな事は止めるんだ！　さもなくば痛い目に遭うぞ！」

首輪をつけた今の状況では抵抗出来ない事を悟ったのか、ダクネスが別口で脅してきた。

歯を食い縛ってこちらを睨み付けているが、コイツはまだ立場が分かっていないようだ。

「お頭、どうせならコイツを親父さんのとこに連れていきましょう。それで、パパ大好きって言わせるんです」

「助手君凄いや！　言っても言わなくても大惨事になる事間違いなしだね！」

「二人とも本当にごめんなさいそれは止めてください死んでしまいますもうこの神器も返しますこれ以上は赦してください！」

泣きながら首を振るダクネスを引き連れて、俺達はダクネスの親父さんの下へと向かう。

「ねえ助手君、後であたしにもご主人様を代わってよ。とびきり可愛いのを着せてあげて、大通りでアイドルデビューさせてあげたいんだ」

「ならいっそ、冒険者ギルドに連れて行きましょう。見知った皆(みんな)の目の前で、鮮烈(せんれつ)なアイドルデビューです」

「二人とも怒(おこ)っているのか!?　なあ、凄く怒っているんだろう！　本当に悪かった、ごめんなさい！　反省してます、もうバカな事はしませんから！」

――その後、親父さんや家人の前でララティーナ撮影(さつえい)会が行われた結果、ダクネスは一週間ほど引き籠(こ)もった――

元魔王軍幹部の本気バトルを！

1

街近くの丘の上でウィズとバニルが対峙する。

「バニルさんと本気で戦うのは、私が人間だった頃以来ですね」

いつになく真剣な眼差しで、ウィズがエプロンを外し身構えた。

対するバニルは口元に小さく笑みを浮かべると。

「うむ。あの頃の汝は誇り高く勇気に満ちた、最高の冒険者であった。我輩が何の対価も無くリッチー化の禁呪を教えたのも、そんな汝に惹かれたからだ」

…………。

「ず、狡いですよバニルさん、急にそんな事言って！　今さら私をおだてても、絶対に赦しませんから！　でも、もうちょっとだけ聞いていてもいいですか？」

動揺を見せるウィズに向けて、バニルが嫌そうに口元を歪めると、

「ほれ、それが今ではこの通りである！　我輩が認めたウィズを返せ！　貴様のような借金リッチーなどお呼びでないわ！」

「居ます！　バニルさんが認めたウィズならここに居ますよ！　借金した事は謝りますが、

必要経費というヤツです！　持ち上げておいて下げるのは酷いですよ！」

　ウィズが泣きそうな顔で居ます居ますと訴える中、バニルが仮面に手を掛けた。

「と、そういえば汝には仮面の下を見せた事が無かったな。これから本気でやり合うのだ。我輩も何もかもを曝け出し、全力で相手をしてやろう」

「ええ!?　ままま、待ってくださいバニルさん！　冒険者ギルド受付のルナさんに聞きました！　バニルさんの中の人は物凄くイケメンだって！　戦う前に素顔を見せて、私に躊躇わせる作戦ですね!?　でもダメですよ、いくらそんな物を見せられたって」

　慌てるウィズに最後まで言わせる事なく、バニルは仮面を投げ捨てた。

　トレードマークの仮面が取り去られた、その箇所には——

「……『カースド・クリスタル・プリズン』！」

　そこには、ウィズの顔が映った顔面サイズの鏡が貼られ、表面に『行き遅れリッチーのまぬけ顔』という文字が書かれていた。

　仮面が外れ崩れ去ろうとする体に向けてウィズの魔法が炸裂する。

　土くれで作られたバニルの体は氷塊の中に閉じ込められ、崩れ去る事なく留め置かれた。

　と、地面に投げ捨てられた仮面の下からムクムクと体が生える。

「フハハハハハハ！　我輩の仮面の下はなぜかマダム達に人気なのでな！　別に見せる

事に抵抗は無いのだが、見たいと言われれば見せたくないのが悪魔の性。だがそんなに気になるというのなら、五万エリスで見せてくれよう！」

バニルに煽られたウィズといえば、冷たい視線を湛えたまま小さく笑う。

「うふふふふふっ。バニルさんてば、たった五万エリスで安売りしちゃって良いんですか？　実は私、前から考えていた商品案があるんです。お客様のターゲットは絞られますが、絶対に売れる自信があります」

「ほほう、ウィズの自信作とは片腹痛い！　さぞや面白商品なのであろうな！」

ウィズの商才を欠片も信じていないバニルは、その言葉を受けてゲラゲラ笑う。

だがウィズはバニルの悪態を意に介さず、氷詰めにされた土くれを指差すと。

「商品はアレですよ。バニルさんが貼り付いていた仮初めの体を氷漬けにして、サキュバスの皆さんに売ろうかと……」

「我輩を売るのは止めろ鬼畜店主め！　グッズを売った我輩よりよほど悪辣ではないか！」

そんな二人を遠巻きにしながら俺はアクアに問いかけた。

「なあ、お前はどっちが勝つと思う？　ただ見てるだけってのも勿体ないし、どっちが勝つか賭けないか？」

「そんなのウィズ一択よ。いつもならカズマさんにギャンブルで勝てる気しないけど、これに関しては負ける気しないわ。まあ、あのヘンテコ仮面悪魔より、ウィズを応援してるってのもあるけどね！」

アクアは自信満々に言ってくるが、どうやら賭けは成立しなそうだ。

なぜなら——

「奇遇だな、俺もウィズ一択だ。これが普通の勝負なら互角になると思うんだけど……」

だが今日のウィズは気合いが違う。

バニルがチート染みた強さなのは知ってるが、今日は一泡吹かされそうだ——

2

とある日の昼下がり。

俺とアクアが広間で退廃的にゴロゴロしていたら、掃除当番のめぐみんに邪魔ですと追い出されてしまった。

ダクネスは公務で朝早くから出掛けており、暇を持て余した俺達は魔道具店へと遊びに来ていた。

「貴様らはこの店を何だと思っているのだ。この前もネタ種族と共に冷やかしに来て、デーモンリングをダメにしたであろう。遊び場では無いのだから、用が無いなら帰れ帰れ！」
商品棚の魔道具を布で磨いていたバニルが嫌そうに言ってくる。

　こないだめぐみんがデーモンリングというレア魔道具を身につけ、外れなくなるといった事があったのだが、その指輪を破壊して以来、バニルが俺達を警戒気味だ。

　バニルは迷惑そうにしているが、美人店主がお茶を出してくれるこの店は、すっかり俺達の憩いの場と化していた。

「まあまあバニルさん、あまりお客さんも来ないんですからいいじゃないですか。それに、お二人は丁度いいところに来てくれました。実は見て欲しい新商品があるんです」

　かいがいしくお茶を淹れながら、ウィズが朗らかにそんな事を。

「……今何を言った。新商品と聞こえたのだが」

「はい、自信の新商品です！　ふふっ、これは確実に売れますよ。バニルさんを驚かそうと思って内緒で開発していたんです！」

　と、ドヤ顔を見せるウィズに対し、バニルが恐る恐るといった感じで口を開く。

「……物を見る前に確認したい事がある。もう汝が勝手に借金出来ないように、街の金貸し業者はあらかた脅しておいたはず。かといって採算重視の銀行に、赤字店主の出す返済計画書が通るとも思えぬ。……どうやって資金を調達した？」

「バニルさんったら心配性ですね、借金なんてしていませんよ。実は、何かお金に換えられる物はないかとお店の中を探していたら、なんと隠し部屋と宝箱を発見しまして！」

バニルが店の奥に向かって駆け出した。

やがてゴゴゴという重い物が動く音が奥から響くと、血相を変えたバニルが戻って来る。

「商売の目は節穴のくせになぜこんな事だけ目聡いのだ！　わざわざ部屋を改造してまで隠しておいた経営資金に手を付けたのか！」

「な、何ですか急に!?　あれはひょっとしてバニルさんのへそくりですか？　そ、そんなの、ちゃんと言ってくれないと分かりませんよ。お金に換えられる物はないかと探知の魔法を使ったら隠し部屋を見付けたんです。そしたら部屋に宝箱があるじゃないですか？　そんなの使っちゃうに決まってますよ」

そうだった、ウィズは数多のダンジョンを攻略してきた経歴があるのだ、頭の中が冒険者脳なのも仕方がないのだろう。

「何をどうしたら店に宝箱が生えてくるのだ！　少し考えれば我輩が残した物だと思い付くであろうが！」

「そ、それは、リッチーの私が長年住んでいた事で、お店の一部がダンジョン化したのかと思いまして……」

「そんな簡単にダンジョン化するなら、汝にダンジョン作りなど頼まぬわ！　ええい、我輩がバイトをしてようやく得られた経営資金が……。この横領店主め、一体どうしてくれようか！」

ジリジリとにじり寄るバニルから逃げるように、ウィズが同じ距離だけ後退る。

「ま、待ってくださいバニルさん！　今回の事は情報の共有が出来なかったから起きた不幸な事故です！　ほら、ほうれんそうが足りてないってヤツですよ！　私達は共同経営者で一心同体！　お互い秘密は無しですよ！」

「貴様も我輩を驚かせるために内緒で商品開発をしていたであろうが、こんなに理不尽な一心同体があってたまるか！　悪魔にとって契約は絶対の物ではあるが、もう知るか。多大な罰則を払ってでも汝との契約は切らせてもら……こ、こらっ、何をする！　この手を離せお荷物店主！」

そんなバニルの宣言に、絶対に逃がすまいとウィズがしがみつく。

「私を捨てるんですかバニルさん！　日頃あれだけ私の心を弄んでおきながら捨てるんですか!?　一緒にお店を盛り立てようって、甘い言葉を囁いておいて捨てるんですか！」

「誤解を招く言い方は止めろ！　悪感情を食べる事を、心を弄ぶと表現するな！」

泣きながらのウィズの言葉に、バニルが迷惑そうに反論する。

地獄の大悪魔による契約破棄という滅多に見られない状況に、茶菓子を手にしたアクアも興味津々だ。

「カズマさんカズマさん、何だか昼ドラの修羅場を見ているみたいで楽しいわ。ここからウィズに逆転の目はあるのかしら」

「浪費癖のあるヒモ亭主が、奥さんが出て行こうとするのを必死に止めるみたいな絵面だな。バニルに見放されたら店が潰れるのが確定するから、ウィズが諦める事は絶対無い。今ここから、逃亡の旅に出るバニルとそれを追うウィズによる長い物語が始まるんだ」

「野次馬女に妄言小僧よ、見てないでこの女を止めろ！」

縋り付くウィズの頭を両手で押し退けていたバニルが叫ぶ。

と、ウィズがハッと何かに気付いたように、

「バニルさん、せめて開発した新商品を見てください！　そうすれば契約破棄を思い止まってくれるはずです！　これは絶対に売れますから！」

「その、絶対に売れますという言葉は聞き飽きたわ！　……では、こうしようか。もし新商品が売れそうもないと判断したら、汝には体を使って稼いでもらう」

淡い期待を込めたウィズの提案に、バニルが悪魔的な要求を出してきた。

「その、ウィズが体を使って稼ぐってヤツ、詳しく聞かせて貰えないかな」

「あんたこの状況でよくそんな事聞けるわね」

だがそんな要求にも拘わらず、ウィズはバニルを引き留めるチャンスが生まれた事にパアッと表情を輝かせた。

「いいですよ、もし新商品がお気に召さなかったなら、体でも何でも使いましょう！　さあ見てくださいバニルさん！　今回の商品はこちらです！」

そう言ってウィズが取り出したのは膝下ぐらいの大きさの人形だった。

少女を模した可愛らしいデザインで、子供に人気が出そうな品だ。

「……ふむ。汝にしては悪くないデザインだが、ただの人形ではないのだろう？」

ウィズはそんなバニルの言葉に、よくぞ聞いてくれましたと笑顔を見せる。

「コレはバニルさんの人形を参考にして作った、自律型メイド人形です！　ちょっと見ていてくださいね！」

そう言って床の上に人形を載せてボタンを押すと、人形がホウキを使って掃除を始めた。

地球のお掃除ロボットに比べれば効率は悪いが、コレは画期的な魔道具かもしれない。

「一見売れそうではあるが、どうせデメリットが大きいのだろう？　製作費が一体一千万エリスするので清掃員を雇った方が安いとか、三分ほどで動かなくなるとか」

ウィズと長い付き合いなだけあって、バニルがデメリットを口にする。

「そんな事はありません！　開発費は結構かかりましたが一体五万エリスで売れれば元が取れます！　そして、稼働時間も半日以上！　更には空気中に漂う魔力を吸収する機構が組まれているので、大事に使えば何十年も動いてくれます！」

「……ほ、本当か？　それだけ聞けば素晴らしい商品だが我輩はそれを信じていいのか？　信じ切れないが信じたい、そんな葛藤が見えるバニルに向けて、ウィズは満面の笑みを浮かべると。

「ええ、全て本当です！　しかも付属の機能はこれだけじゃないんです！」

「おお……！　聞こうではないか、その他の機能を！」

人形をそっと抱き上げて、ドヤ顔のウィズが言った。

「ご主人様を守るため、なんと警備機能が付いているんです！　登録者以外を感知すると警告の後に自爆して、侵入者を撃退してくれるという……」

『侵入者を感知しました。これより自爆し撃退します』

「早速自爆しようとしているぞクソたわけ！」

バニルが人形を掴み取り、外に飛び出し空へと投げた。

轟音と共に辺りにパラパラと破片が降り注ぎ、近所の人々が何事かと顔を出す。

「ちょ、ちょっと威力が強過ぎましたが、防犯機能はバッチリですね！」

「言いたい事はそれだけか？　……まったく、店に持ち込むのであれば実験してからにしろ、うっかり店主め。だが、威力を絞る事が出来れば悪い機能ではないな。家族全員を登録し、よく訪ねてくる客にも登録を促せばいいわけだ。ふむ、これなら……」

思案に耽るバニルに向けて、ウィズがキョトンとした顔で言い切った。

「爆発の威力は下げられませんよ？　あと、登録者は一人だけです。だってメイド人形ですよ？　仕えるご主人様は一人じゃないと」

「……そうか。汝の拘りはよく分からんが、自爆機能は外してくれ。お掃除人形として売り出せばそれで十分売れるはずだ」

そんなバニルの提案に、ウィズが変わらずキョトンとしたまま。

「外せませんよ？　これらの機能は全て連動しているので、どれかが欠けると動きません。でも大丈夫です、単身者の方にならきっと売れ」

「売れてたまるかガラクタ店主め！　誰かが訪ねてくる度に家が吹き飛ぶ危険物をどこの誰が買うと言うのだ！　途中までは良かったのに、なぜ自爆機能など付けたのだ！」

バニルにガクガクと揺さぶられたウィズが目を白黒させながら、

「バ、バニルさんの人形を参考にしたと言ったじゃないですか。なら、自爆機能は必須かと思いまして……」

そんなウィズにバニルが叫んだ。

「ダンジョン防衛用に作ったのだから自爆もするわ！　ええい、こんな物が売れてたまるか！　汝には約束通り、体を使って稼いでもらうぞ！」

「な、何ですか、分かりましたよ、体を使って稼いで来ますよ！　私ってこう見えて結構凄いんですよ！　その事を見せ付けてあげますからね！」

完全に開き直っているみたいだが、こう見えても何もウィズは十分凄いと思う。

どうしよう、出勤日はいつからなんだろう、今から予約は出来るだろうか。

「その意気や良し！　では我輩の配下が経営するあの店で、一週間ほど働いてもらおう。安心しろ、汝は自覚が無いようだが需要がある。一週間でも十分お釣りが出るだろう」

上機嫌のバニルの言葉になぜかウィズが黙り込んだ。

「……待ってください。配下が経営するお店って、もしかしなくてもサキュバスさん達のお店の事ですか？」

困惑気味のウィズに向けて、バニルが首を傾げて口を開いた。

「……当然であろう？　それ以外で他にどうやって稼ぐというのだ。生活能力も無ければ商才も無い汝に残されたのは、その無駄に肉の付いた体ぐらいで……」

「それ以上は言わせませんよバニルさん、何をやらせようって言うんですか！　私が言っている体で稼ぐは、元冒険者である事を活かすという意味ですよ！」

なるほど、ウィズは元凄腕冒険者だ。

サキュバスのお店で働くよりも、高難易度のクエストをこなした方が稼げるのか……。

「カズマさんカズマさん、どうしてそんなにガッカリしてるの？」

「ガッカリなんてしてないぞ。人聞きが悪い事を言うんじゃない」

だがウィズのそんな宣言に、バニルはさらに首を傾げ。

「リッチーと化した汝はもう冒険者カードを見せられないだろう。それでどうやってクエストを請けるつもりだ？」

「別にクエストを請ける必要はありません。バニルさんは冒険者じゃないから知らないかもしれませんが、冒険者ギルドを通さなくてもお金を得る手段はあるんですよ？」

冒険者ギルドは倒したモンスターを買い取ってくれるが、別にギルド以外で売ってはいけないという決まりはない。

ウィズはこれで商人ギルドに所属している店主である。

モンスターの素材を卸す先にコネの一つもあるのだろう――


翌朝。

「ではバニルさん、しばらくの間ですが店の管理はお願いしますね」

魔道具店の入り口で、荷物を背負ったウィズが言った。

アクセル周辺で稼ぐのかと思ったのだが、何でも遠出するのだとか。

この辺りは弱いモンスターしかいないので得られる素材の値も安いのだろう。

「うむ。我輩なら五年ほどで大商会に育てられるので、それまで帰って来なくていいぞ」

「い、嫌ですよ！　私のお店なんですから潰れる時も育てる時も一緒に居ます！」

バニルに必死に言い返しながら、ウィズは俺とアクアの方を振り返る。

「お二人もどうかお元気で。しばらく会えないのは残念ですが、出来るだけ早く帰って来ますね」

「ええ、ウィズが居ないとろくにお茶菓子も食べられないもの。私が餓えて泣き出す前に帰って来てね」

「いや、ウィズの店を喫茶店代わりにするのは止めてやれよ……」

クスクスと小さく笑い、ウィズは改めてバニルに向き直ると。

「それではバニルさん、私はそろそろ行きますね。店の奥で育てているカイワレ大根の世話をお願いします。毎朝お日様の光に当てて、水をあげてくださいね」

「うむ、汝の大切な主食だからな。その程度の事なら任せておけ、カイワレに逃げられないようちゃんと管理しといてやろう」

バニルの言葉に頷くと、ウィズは俺達に背中を向けて――

「……水は、乾いてきたら霧吹きを掛けてやる程度で大丈夫ですから。あと、日の光に当てるといっても、当てすぎないでくださいね？　出来れば直射日光も避けた方が」

「分かった分かった、その辺は隣のマダムが詳しいから心配せず行くがいい」

ウィズはコクリと一つ頷き足を踏み出す。

――そして一歩進んだところで顔だけをバニルに向けた。

「…………バニルさんは私が居なくなったら食事の方はどうするんですか？　悪感情を食べる相手は居るんですか？　本当に私が行っちゃっても」

「いいから早く行け構って店主め！　使い込んだ資金を調達するまで帰ってくるな！」

「な、何ですか、少しぐらい引き留めてくれてもいいじゃないですか！　分かりましたよ、すぐに資金を調達して来ますからね！」

そう言ってウィズは、最後まで何度も後ろ髪を引かれるように振り返りながら、アクセルの街を後にした――

3

その日の夜。

皆で夕食を済ませた俺達は、広間のソファーでだらけながら、今日あった出来事を教え合っていた。

「そんなわけでウィズはしばらくの間出掛ける事になった。冷やかしに行っても店にはバニルしか居ないからな。余計な事すると反撃食らうから気を付けろよ」

「私達を何だと思っているのですか、アクアやウィズが居ない状態であの悪魔をからかったりしませんよ。やるならウィズが帰ってからです」

「いやめぐみん、帰って来てもやるんじゃない。またおかしな呪いをかけられるぞ」

ダクネスの一言にめぐみんがビクンと震える。

先日、魔道具を壊した罰として、魔法の威力が下がる呪いをかけられた事が軽くトラウマになっているようだ。

「でもウィズが帰って来るまで暇になるわね。かといって、喫茶店に行くお金も無いわ。……カズマさん、カズマさん」

「小遣いならやらないぞ。月の初めに渡しただろ」

……と、アクアは牽制する俺の背中に回り込むと、頼んでもいないのに肩を揉み出す。

「最近のカズマさんって、レベルが上がって成長したおかげかわずかに引き締まって多分ちょっといい感じよね。これならうっかりモテ期が来てもおかしくないわ」

「それで褒めてるつもりなのが腹立つな、どうして余計なワードを入れるんだ」

——翌日。

「いらっしゃいいらっしゃい！　本日の商品はこちらです！　冒険者には必須のアイテム、パーティーに一つは必ず欲しい解毒ポーション！　消費期限間近という事で、大変お安くなっております！」

「ええ……？　いや、確かに安いけどさあ……。解毒ポーションなんて常備しておくアイテムだし、消費期限が短いなら買う意味ないだろ？」

「だよなあ。しかも、この辺には毒を持つモンスターなんてそんなに出ないし……」

俺が店の様子を見に行くと、バニルは魔道具店の前に机を並べ、冒険者を相手に威勢のいい声を張り上げていた。

「ええ、ええ、もちろん分かっております。こちらも在庫処分を兼ねてますので、そういった意味でのお値段ですから！　ですが、在庫処分にお客様を付き合わせるのです、やはりオマケの一つも欲しいでしょう！」

「いや、オマケが付いたぐらいでわざわざ買うのも……」

と、バニルが解毒ポーションの瓶に一枚の写真を貼り付けた。

「今なら、ポーション五本お買い上げにつき、ドジっ娘店主ブロマイドが」

「五本買います」

「ください。五本ください」

「冒険者なら解毒ポーションを常備しておくのは当然だよな。ああ、俺も五本ください」

抱き合わせ商法を始めたバニルに対し、俺はスッと近付くと。

「俺にもポーション五本ください。ウィズには黙っておくから一番写りがいいヤツな」

「悪魔を相手に脅迫するとは命知らずめ。とはいえ、お買い上げいただくなら問題ないな」

俺は店主ブロマイド……ではなく、冒険者に必須の解毒ポーションを大事にしまうと。

「じゃあなバニル。他にも良い商品があるならまた顔を出すよ」

「うむ、それなら毎日通うがいい。これから一週間ほど、普段は売り出されない商品が棚に並ぶ予定である」

「「「通います」」」

俺を含めた冒険者がバニルの言葉に即答した──

──それから。

「本日の商品はこちら！　何の変哲もない冒険者必須の保存食だが、消費期限間近という事でいつもよりお安くなっております！　そしてもちろんオマケとして、今なら五つお買い上げの方にのみ雨濡れ店主ブロマイドが」

「ください、保存食五個ください！」

「冒険者なら保存食は必須だからな、仕方がないな、五個ください」

他の連中が言うように、確かに冒険者なら保存食は必須だろう。

「俺にも保存食五個ください。雨濡れ店主さんもいいんだけど、もうちょっと攻めたのは置いてないのか？」

「何だ、もっと攻めた物が欲しいのか。なら、保存食を十個以上お買い上げの方にのみ」

「「「十個ください」」」

即答する俺達に、バニルがちょっとだけ気圧されながら、スッと写真を手渡してきた。

期待しながら写真をめくると──

「フハハハハハハ！　先ほどより攻めた濡れ透け店主ブロマイドだとでも思ったか？

残念、冒険者装備で身を固めた攻撃型店主ブロマイドで……」

と、写真を渡しながら爆笑していたバニルが、なぜか突然黙り込んだ。

「……悪感情が流れてこないが、お前達はこれでもいいのか」

「「「これはこれで有りかなって」」」

——連日のように続いた魔道具店の特別セールは。

「本日の商品はこちら！　その辺で拾った小石だが、五つお買い上げいただいたお客様限定で、お食事店主ブロマイド、水やり店主ブロマイド、お掃除店主ブロマイドのどれかが入った封筒が付いてくる！　なお低確率でレア物として、寝起き店主ブロマイドも封入されており……」

「冒険者なら懐に石の一つも忍ばせといて、投げ付けるのは当たり前だよな五個ください」

「投石攻撃なんて誰にでも出来るし良く使うよな十五個ください！」

「ステータスが上がれば投石もバカに出来ないんだぜ三十個ください。……おいカズマ、お前は弓を使うんだから要らないだろ」

「俺は全力でリスクを回避する慎重な男、カズマさんだぞ。矢が尽きた時用に備えておくのは当然だろうが五十個ください。それに、レア物も含めてコンプリートするのがゲーマーだからな」

——最終日である今日まで、好評のまま続けられた——

「さあいらっしゃい！　本日の商品はこちらです！　一見何の変哲もない時計ですが、なんとセクシー店主の声で起こしてもらえる目覚まし時計！　我輩がコツコツと録音した店主の声を、上手く繋ぎ合わせて編集した一品です！」

「二万エリス！」

「二万エリスだ！」

「俺は三万五千エリスを出すぞ！」

競売にかけられた目覚ましの値がドンドン吊り上がっていく。

そんなヒートアップする様子を見て、上機嫌のバニルが高笑いを上げていた。

「フハハハハハハ！　ありがとうございます、ありがとうございます！　お買い上げ、ありがとうございます！　……小僧、貴様は参加しないのか？　これらは今だけの期間限定商品だぞ！」

先ほどから笑いが止まらないバニルが、様子を見ていた俺に声を掛けてきた。

既にかなりの商品が売れているようだが、バニルは以前からこの機会を狙っていたのか、ウィズが居ない今がチャンスとばかりにグッズを売り捌いていた。

当初は商品のオマケとして付いてきた店主グッズも最近はそのまま売られ始め、今日に至ってはとうとうオークションという有様だ。

「おいおいバニル、あまり俺を見くびるなよ？　どうせ本命の商品は最後の方に出すんだろ？　それまで資金を温存してるのさ」

「……確かに目玉商品は後半だが、貴様は我輩を止めもせず、本気で参加するのだな」

ここまで全力で参加するとは思わなかったのか、バニルが予想外といった態度を見せる。

「お前があくどい商売を始めたなら流石に俺だって止めてたさ。でもこれはあくどい商売なのか？　ここに居る皆の顔を見ろ、キラキラと輝いた目をしてるだろ？　これだけの客に幸せを与える商売を邪魔する事なんて出来ないさ」

「……そうか。そんな屁理屈をそこまで真っ直ぐな目で言われるとは思わなかったが、止められないのならそれでいい。我輩としては助かるからな」

と、バニルは何かに気付いたように辺りを見回し。

「ところで、ウィズが旅に出てからというもの、あの厄災女の姿が見えんな。てっきり商売の邪魔をされるかと思ったのだが……」

「それについては抜かりない。俺もアイツが妨害すると思って、毎日小遣いをやって飲みに行かせた。皆の幸せを守るのも冒険者の仕事だからな」

「……ウィズへの口止め料、及び商売の協力料として、店主のセクシーポスターをおまけしてやろう」

俺はあくどい商売でなければ止める理由が無いというだけで、欲に負けたわけじゃない。

なのでバニルが差し出してきたポスターは、口止め料ではなく知り合いからの私的なプレゼントとして受け取っておく。

……と、俺がいそいそとポスターを懐にしまっていた、その時だった。

「バニル様ああああああああああ！　大変です、バニル様ー！」

商売に励むバニルの下に、とても見覚えのある女の子が駆け込んできた。

というか、競売に参加していた冒険者達も同じくその子に覚えがあるのか、皆が大人しく道を空ける。

「何だ、騒々しい。今は見ての通り忙しいのだ、よほどの事でなければ後にしろ」

「そ、それが、よほどの事なんですバニル様！　ええと、ここで話すのは……」

バニルの事を様付けで呼ぶロリロリしい女の子は、俺がよく行く店の店員だった。

つまりはサキュバス嬢である。

「ここに居るのはあんたの正体を知ってるヤツばかりだ。今更気にする必要ないぜ？」

「ああ、お嬢ちゃんが困るよほどの事なら事情によっちゃ協力するぞ」

「例の店絡みの案件なら、むしろ全力で力を貸すわ」

事情を説明するのを躊躇っていたサキュバスは、ここに居るのが店の常連達だと気付いたらしい。

「バニル様、実は……。私達の同胞が経営しているダンジョンが襲われ、陥落寸前にまで追い込まれているんです！」

ロリサキュバスが涙目で訴えると、バニルはつまらなそうに鼻を鳴らした。

「それがどうした同胞よ。ダンジョンを経営するという事は、財宝で冒険者をおびき寄せて撃退し、その命を糧にするという事だ。がさつな荒くれ者が多く、ろくに風呂も入らない小汚い冒険者達といえど、互いに命懸けなのだから陥落しそうになろうと助けを求めるべきではない。そう、ダンジョンの主なら最後は華々しく散るべきなのだ」

もっともらしい事を言うバニルだが、しれっと俺達をディスるのは止めてほしい。

バニルに断られる事を理解していたのか、ロリサキュバスはそれ以上食い下がる事もなく、涙を隠すように顔を俯ける。

――その時誰かが呟いた。

「バニルの助けが得られないなら、他に頼めばいいんじゃないか？　お嬢ちゃんの同胞って言うんなら、ダンジョンの主はサキュバスなんだろ？」

ロリサキュバスがバッと顔を上げ、バニルの様子を覗った。

バニルはサキュバスの視線を受けると、好きにしろとばかりに口元をニヤリと歪める。

自らが手を貸すつもりは無いが、サキュバスの魅力で冒険者を釣り、それでダンジョンを救うのはＯＫなようだ。

パッと顔を輝かせたロリサキュバスは、先ほどの誰かの呟きに慌てて返す。

「は、はい、その方もサキュバスです！　私達の先輩で、昔はお店でも働いてました！」

ロリサキュバスの一言にその場の冒険者達がドッと沸いた。

それも当然の事だろう、なにせここには女の涙に弱い漢しか居ないのだ。

「とはいえ相手は同業者だ。まさか本気で対人戦を始めるわけにもいかないだろ？」

「そうだなあ……。ダンジョン攻略はギルドに推奨されている行為だし、それを邪魔するだけでも大問題だ。なら、ダンジョンの主を脱出させるか……」

「ていうか、ダンジョンの場所はどこなんだ？　もう陥落寸前なんだろう？　今から向かって間に合うのか？」

サキュバスを助けに行く事は既に決定事項なのか、冒険者達が口々に零す中。

「ダンジョンの場所は王都の近くです！　テレポート屋さんに送ってもらえば直ぐの場所ですし、まだ間に合うかもしれません！　転送料金はこちらが出します！　そして……」

ロリサキュバスが息を吸い、決定的な言葉を放った。

「ダンジョン名は『欲望の迷宮』！　男性冒険者であれば誰もが知る、超有名ダンジョンです！」

4

王都を経由した冒険者達がダンジョンに雪崩れ込んだ。

「急げ急げ、ダンジョンを攻略させるな！　ここは男の夢が詰まったダンジョンなんだ！」

「ちくしょう、いつかこのダンジョンに女冒険者と来るのが夢だったのに！」

「そんなもん誰だってそうだよ！　あああ、こんなむさ苦しいメンバーじゃなく、女の子と二人きりで挑戦に来たかった！」

「このダンジョンを攻略しようとするって事は、挑戦している冒険者は絶対女だろ！　男性冒険者ならここを陥落させようだなんて思わないはずだ！」

口々に冒険者が叫んでいるが、どうやらこのダンジョンはよほど有名らしい。

そして……。

「ところでどうした風の吹き回しなんだ？　お前はサキュバスを突き放すと思ってたよ」

先ほどは手助けを断っていたバニルが、俺達と共に付いてきていた。

「……うむ。我輩の力を使っても挑戦者を見通せない事が気になってな」

「それって、よっぽど強い高レベル冒険者って事か？　まあ、お前が付いてきてくれるのは頼もしいけど……」

微妙な顔をしているバニルをよそに、俺は前を進む冒険者にこのダンジョンについて尋ねてみた。

「なあ、俺も勢いで付いてきたけど、ここって人気のダンジョンなのか？」

「ええ!?　嘘だろカズマ、お前パーティーメンバーを女ばかりで固めておいてここに来た事無いのかよ。さっきのサキュバスから聞いただろ？　男性冒険者であれば誰もが知る、って。このダンジョンはえっちな罠で溢れてるんだよ」

それは確かに聞いたけど、えっちな罠ってどういう事だ。

服だけを溶かすモンスター、魔改造スライムが湧く罠があるとか？

「あまり分かってないみたいだから教えてやる。このダンジョンには男女二人きりじゃないと作動しない罠部屋がある。そしてその部屋から脱出するには、ダンジョン主から下されるえっちな指示に従わなければならないという……」

「そんなの絶対攻略させるわけにはいかないだろ！」

アクアは昔ダンジョンに置き去りにされたトラウマから付いてこようとはしないはず。

そしてめぐみんも、ダンジョンでは爆裂魔法を撃てないため入る事を嫌がっている。

となると、このダンジョンに挑戦するなら必然的に、エロ担当のダクネスと二人きりで挑む事になる。

「冒険者ならダンジョンに挑むのは当たり前だよな。俺、無事にここから帰ったら仲間を誘って挑んでみるよ」

「ああ、そうしろ。ちなみに男性冒険者の暗黙の了解で、ボス部屋には挑戦しない事になっている。まあ、そこまでたどり着く前に大体いい感じの関係になっているから、大概はボス部屋に着く事すら無いんだけどな」

別にダクネスといい感じになりたいわけではないが、ダンジョン攻略中の罠による事故なら仕方がない。

ダンジョン主から下される指示とやらがどのレベルかは分からないが、要はラッキースケベが頻発するダンジョンだ。

このダンジョンの仕様は知らなかったと言い張れば、裁判になっても勝てるはず……。

「お、おい、何だこりゃ！」

とその時、先頭を走っていた冒険者が声を上げた。

何事かと後ろから覗いてみれば、ダンジョンの部屋の中央に巨大な穴が開いている。

まさか、ダンジョンの攻略者は床に穴を開けてショートカットしているのか？

「こんな攻略有りなのかよ！　ダンジョンに穴を開けるだなんて、炸裂魔法……いや、爆発魔法が使える冒険者にしか出来ないぞ！　ていうか、魔力消費も半端じゃないはず……」

「ていうか、そもそもどうやってこの穴から階下に降りたんだ？　相当な高さがあるのにロープを使った跡も無い。降りた先でモンスターに襲われるかも知れないのに、ここを飛び降りるだなんて自殺行為だ」

そんな冒険者達の言葉を聞いて俺は猛烈に嫌な予感がした。

爆発魔法が使えて、階下に飛び降りても傷を負わなそうな冒険者。

……確かリッチーには通常の物理攻撃が効かないはずだ。

そして男性冒険者ならこのダンジョンを最後まで攻略しない事から、挑戦者は女性である可能性が高いという。

「なあバニル。俺思ったんだけど……」

「皆まで言うな小僧。我輩達で先行し、アレを急いで回収するぞ」

バニルはそう言って俺の返事を待つ事なく、

「先行って、別に俺まで行く必要はああああああああああ！」

「ここまで来たなら最後まで付き合え！　貴様が居た方が説得は容易になるからな！」

バニルは俺を抱えると、巨大な穴から飛び降りた——


——既に何度穴に向かって飛び降りさせられたのだろう。

ここがダンジョンの最下層なのか、床に穴は開けられておらず、足下にはドレインタッチで魔力を吸われたと思われる干からびたモンスターが転がっていた。

……と、それまで静かだったダンジョンの奥から爆発音が響いた。

音がした方に駆け寄ると言い争う声が聞こえてくる。

「見逃してください！　見逃してください！　お願いします、見逃してください！　このダンジョンを作る際に色々ありまして、もう残機が残っていないんです！」

「み、見逃してあげたいところですが、私にも事情があるんです、ごめんなさい！」

そこに居たのはウィズだった。

泣きながら土下座しているサキュバスに、ウィズが片手を突き出した体勢でジリジリと距離を詰めている。

ここはウィズが来るまではボス部屋だったのだろうが、今では入り口が爆破されてドアごと吹き飛び、見るも無惨な姿になっていた。

「女性冒険者が来たという事は、このダンジョンの仕様が知られたんですね!?　今日限りでダンジョンを畳みますから見逃してください！」

「え、ええと、ダンジョンの仕様というのは分かりませんが……。お金が必要になりまして、どこかにダンジョンが生えてないかと探していたら偶々ここを見付けてしまい……」

会話の内容から察するに、ウィズはここの評判を聞いて来たのではないようだ。

「つ、つまりはダンジョンの宝を狙って強盗に来たという事ですね？　分かりました、宝は全て差し出します、どうか命だけは助けてください！」

「ご、強盗は人聞きが悪いですよ！　私はダンジョン攻略に来ただけです！」

おっと、このままではサキュバスのお姉さんが退治されてしまう。

どうやってウィズを説得すべきか悩んでいると、バニルがスッと前に出た。

「そこまでだ、強盗店主よ。汝の言っていた体で稼ぐとは、この事であったのか」

「バ、バニルさん!?　それにカズマさんまで!?」

「バニル様ー！」

突然のバニルの登場にウィズが驚き、サキュバスが目に涙を浮かべた。

「すまんがそこに居るのは同胞でな。まあ普段であれば、ダンジョンを経営しているのだから自業自得だと放っておくのだが……」

いつになく殊勝なバニルの言葉に、サキュバスを仕留めようとしていたウィズが動きを止めた。

「汝を出稼ぎに行かせたのは我輩である以上、この状況を作ったのも我輩という事になる。流石にこれで同胞が討伐されるのは見過ごせぬのでな」

「で、でもバニルさん、それじゃあ私が使い込んだお店の資金はどうするんですか？」

困惑するウィズに向けて、バニルが小さく苦笑を浮かべ。

「資金の方はどうにか調達出来た。それよりも、我輩の身内同士で殺し合うのは見ておれん。さあ店主よ、店に帰るぞ」

「い、いいんですかバニルさん？　お店に帰れるのは嬉しいですけど……」

ウィズはオドオドと答えながらも、背を向けて地上に向かい始めたバニルを追う。

「というか今、私達の事を身内同士って言いました？　つまりこちらのサキュバスさんだけじゃなく、私の事も身内だと思ってくれてるんですよね？　普段素っ気ないくせに、バニルさんってばツンデレですね！」

「よし、やはり貴様は五年後に帰ってこい」

「じょ、冗談ですよバニルさん！　バニルさんのも冗談ですよね？　私、店に帰っていいんですよね!?」

バタバタとバニルの背中を追いかけながら、ウィズが不安気に声を上げた――

5

翌日の昼下がり。

昨夜は助けたサキュバスのお姉さんから、救援に来たバニルや冒険者達にお礼がしたいとの申し出を受け、王都の高級店で大変な接待を受けてしまった。

久しぶりのまともな食事に、ウィズも幸せそうに食い溜めしていた。

おかげで、アクセルの街に帰り着いたのがこんな時間になってしまったのだが――

「いらさいいらさい！　さあ、魔道具は早い者勝ちですよ！　一家に一台殺虫人形！　これで恐怖の大王も怖くない！　今なら五万エリスと大変お安くなってますよ！」

街に帰った俺達が店に向かうと、なぜかアクアが勝手に商品を販売していた。

本来であれば人の店で何やってんだと叱るところだが……、

「これは一体何事だ。店が……ウィズの開発した新商品が、あれほどまでに売れている！」

　バニルが我が目を疑うように声を震わせ、ウィズが驚きながらも胸を張った。

「どうですかバニルさん、私、あれほど売れるって言ったじゃないですか！　ほら、お客さんの顔を見てくださいよ、皆とっても嬉しそうで……！」

　そう言って笑みを浮かべるウィズの目先で、最後のメイド人形が売れていった。

　そんな自信に満ちたウィズの言葉に、バニルは苦笑を浮かべながら。

「これが嬉しい誤算というやつか。汝は強過ぎるがゆえに、我が力をもってしても行動や未来が読めぬ。まさか、あのガラクタがこれほどまでに売れるとは……」

「ガ、ガラクタ呼ばわりは止めてください！　可愛くて便利な人形なんですから！」

　ウィズはそう言ってバニルに食って掛かるも、あの人形の欠点を知っている俺はどうにも腑に落ちないでいた。

「いや、でも何で皆は自爆機能付きの人形なんかを欲しがってるんだ？　お掃除機能が付いてるだけじゃあ、これだけ売れてる理由が分からないんだけど」

　そんな疑問を抱いていると、人形を売り切ったアクアが満足した顔で寄ってきた。

「ああ、それね。何でも街の下水道に恐怖の大王が大量発生したらしいんだけど、相手が相手だけに誰もクエストを請けたがらないみたいなの。それで街の人達が、自宅から下水道に繋がる所に設置しようと人形を買いに来て……」

「待ってください、私が想定していた使い方とは違います！　アレはあくまでお掃除人形ですから！」

「フハハハハ！　ブハハハハ！　どうせそんな事だろうと思ったわ、フハハハハハハ！」

恐怖の大王とは簡単に言えば異世界ゴキブリだ。

「だがでかしたぞウィズ、今日から汝の主食はコッペパンだ！」

「本当ですかバニルさん、じゃがいもとカイワレサラダから卒表出来るんですか⁉」

こいつらの恐ろしいところは、一匹でも駆除すると仲間達が顔を覚え、その日の夜に集団で駆除した相手に逆襲する事。

駆除人が自爆する人形なら、恐怖の大王も逆襲には来ないというわけか。

「殺虫人形が全部売れて良かったわねウィズ。私へのバイト料は人形一体につき一万エリスでいいわよ」

「何を言うか強欲女め。バイト料は殺虫人形一体につき五百エリスだ」

「二人とも、殺虫人形呼ばわりは止めてください！」

――と、その時だった。

玄関のドアが勢いよく開け放たれると、見慣れた金髪のチンピラが駆け込んで来た。

「バニルの旦那ああああああ！　酷えじゃねえか、店主さんグッズが売り出されるだなんて聞いてねえぞ！　皆で出稼ぎに行って帰って来たら、他の冒険者に自慢されたんだ！　俺と旦那の間柄なんだ、まだ余っているなら分けてくれよ！」

欲に塗れたダストの言葉に店内の空気が一気に冷えた。

駆け込んできたダストはそこでようやくウィズが居る事に気付いたようだ。

「……使い込んだ金を稼ぎに旅に出たって聞いたんだが、帰って来たんだな店主さん」

「ええ、つい先ほど帰って来ました。ところでダストさん、詳しい話を聞かせてください。私のグッズって何ですか？」

どうやって誤魔化すかと考える前に、空気を読まないヤツが口を開いた。

「私は毎日飲みに行ってたから詳しくは知らないけれど、そこの仮面悪魔がウィズのえっちなグッズを売ってたらしいわ！　ウィズってば皆に人気だったのね。それこそ飛ぶように売れてたそうよ！」

6

アクセルの街近くの丘の上が異様な空気に包まれている。

ウィズの傍らには氷漬けにされたバニルの土塊が残されており、対峙する二人が一触即発の雰囲気を漂わせていた。

「いきますよバニルさん！　人間だった頃の私と思わないでくださいね！」

「フハハハハハハハ！　あの時は散々汝をからかってやったものだが、どの程度成長したのか見てやろう！　まあ、そう長くは保たないだろうがな！」

ウィズが高らかに魔法の詠唱を始めると、バニルが即座に殺人光線の構えを取った。

「『バニル式殺人光線』！」

「『クリエイト・アースウォール』！」

バニルが放った光線がウィズが生み出した土壁に阻まれた。

ウィズの周囲を土壁が完全に覆い隠すと、その中から新たな詠唱が聞こえてくる。

「『カースド・ネクロマンシー』！」

ウィズが未だに土壁に守られる中、離れた位置の土が盛り上がり巨大な何かが現れた。

それはアクセルの街近郊で嫌というほど倒されたモンスター、ジャイアントトードがアンデッド化したものだった。

「自らは土壁に引き籠もったままアンデッドをけしかけるつもりか？　ふん、たかだかカエルのゾンビぐらいで、我輩も随分と舐められた……」

「『カースド・ネクロマンシー』！」

バニルが何かを言い終わる前にウィズが更に魔法を唱えた。

二体目のアンデッドトードが生み出され、それが立ち上がるより早く、一体目のカエルがバニルに迫る。

「こ、こらっ、次は我輩のターンであろう！　物量で押し切るつもりか!?」

「『カースド・ネクロマンシー』!!」

二体目、三体目のカエルが生み出される中、最初に生み出されたカエルがバニル目掛けて飛び掛かり――！

「『ターン・アンデッド』ー！」

「ふあああああああああ!?」

バニルに攻撃が当たる前にアクアによってかき消された。

ターンアンデッドの余波は残り二体のカエルにも及び、土壁の中からウィズの悲鳴が聞こえた事からそちらにまで届いたようだ。

「私の前でアンデッドモンスターの召喚禁止よ。ウィズにワンペナルティね」

「ふぁ、ふぁい……」

土壁の中から消え入りそうな返事が聞こえた。

「フハハハハハハ、今度はこちらからいかせてもらおうか！　知恵すら持たない下級悪魔よ、我が呼び声に応えて出でよ！」

「『セイクリッド・エクソシズム』ー！」

バニルが地面に手を置くと、アクアが破魔の魔法を放つ。

地面から湧き出た下級の悪魔と共に、バニルの体が仮面を残して崩れ去った。

地面に落ちた仮面の下からニョキニョキと土で出来た体が生える。

「貴様は先ほどから何なのだ、空気の読めない妨害女め！」

「私の前で悪魔なんて喚ばせないわよ。あんたもワンペナルティね」

と、アクアの妨害によりダメージを負ったバニルをよそに、土壁の中から声が響いた。

「『ライトニング・ストライク』！」

「ッッ!?」

雲一つ無い空から突然落ちた雷が、バニル目掛けて直撃した。

「『クリエイト・アースゴーレム』！」

ウィズを隠していた土壁が人型へと形を変え、やがて三メートル近くの背を持つゴーレムが生み出される。

土壁が消えた事により姿を現したウィズだが、アクアの妨害によるものなのか、何だかちょっと透けていた。

「……不意討ちとはいえ、我輩の残機を減らすとは中々やってくれるではないか」

「うふふふっ、リッチーがちょっと本気を出せばこんなものですよバニルさん。さあ、これからが本番です！」

ウィズが高らかに宣言し魔法の詠唱を始めると、バニルが殺人光線の構えを取った。

それに合わせてゴーレムが、ウィズへの射線を塞ぐように前に出る。

「また面倒な戦法を取ってくれるな！　いいだろう！　永く存在した大悪魔の、力の一端を見せてくれるわ！」

「リッチーと悪魔のどっちが上か、ここで決着をつけましょう！　『カースド・ライトニング』ーッ！」

7

すっかり地形が変わった丘の上、二人の戦闘は長時間に及んでいた。

当初はゴーレムを盾にしながら数々の魔法で圧倒していたウィズだったが、魔力が尽きてきた辺りから状況が一変した。

バニルに接近戦を挑みドレインタッチで魔力を奪おうとするも、徹底的に距離を取られ、離れた位置から殺人光線を照射される。

バニル式破壊光線とやらによって既にゴーレムも破壊され、今ではウィズの姿が半透明になっていた。

「あああああああ！　ま、負けませんから！　私、今日だけは絶対にバニルさんには負けませんからあああああ！」

「フハハハハハハ、いい加減負けを認めるのだ負け犬店主よ！　今日のところはよくやった、それだけは褒めてやろう！　さあ、これ以上戦っても勝ち目はあるまい。とっとと店に帰って、殺虫人形の生産を行うのだ！」

今では完全にただの追いかけっこと化しているが、ウィズは満身創痍になりながらも、まだその目は諦めていなかった。

それに対して、バニルは残機が何体か減った程度で未だ余裕の笑みを浮かべている。

と、それまで必死に追いかけていたウィズが足を止めた。

そして覚悟を決めた顔で、バニルに向けてポツリと呟く。

「バニルさんはやっぱり強いですね。今のままの私では、とても勝てる気がしませんよ」

「ほう、ようやく負けを認めたか。だが汝もよくやった。今日は我輩の勝ちで終わったが、あと何百年もすれば勝負の行方は分からないであろうな」

対してバニルも足を止め、珍しくウィズに賛辞を送った。

だがウィズは首を振り、ポケットの中から何かを取り出す。

「いいえ、まだ勝負は終わっていません。本当はこの身一つでやり合いたかったのですが、そうも言っていられませんね」

と、それまで勝ち誇っていたバニルが固まった。

突然どうしたのかと思えば、バニルはウィズが手にした物に目が釘付けとなっている。

ウィズが手にしているのはマナタイト。

魔力を肩代わりしてくれる、魔法使いに人気の〝高価な〟使い捨てアイテムで――

「こうなれば、本気の本気でいきますよバニルさん！『カースド・ライトニング』！」

マナタイトを握り締め、ウィズが黒い稲妻を解き放つ。

バニルはぎこちない動きでそれを躱し、動揺を隠しきれない声音で言った。

「お、落ち着けウィズ、話をしよう。それは先月我輩が仕入れた上質のマナタイトか？鍵の掛かった倉庫に仕舞っておいたはずなのに、どうしてソレを持ち出せた？」

「魔法使いはアンロックという解錠魔法を使えますから、私に鍵なんて無意味ですよ？というかこれ、バニルさんが仕入れてくれたんですね。有り難く使わせてもらいます！」

なぜか喜ぶウィズに対し、バニルがカッと罵声を浴びせた。

「ソレは汝に使わせる物ではないわ！　魔王軍との戦いが激化しそうな気配があるため、マナタイトが値上がりすると予想し仕入れたのだ！」

「そ、そんな事を言われても、こうして見付けちゃった物は使いますよ！　だって、そうでもしないとバニルさんに勝てませんし……」

先物取引用に仕入れたマナタイトをウィズに使われ、バニルが珍しく焦りを見せる。

「よし分かった、ここは一旦引き分けにするとしよう。人間の間にはこんな言葉があるのだろう？　争いは何も生み出さない、復讐は何も生み出さない、と」

「今さらそんなもの通りませんよ！　私、怒ってるんですからね！　それに、ここでちゃんと決着をつけとかないと、また変な物を売り出されそうで……。『カースド・クリスタル・プリズン』！」

ウィズはそう言い返している間にも、マナタイトを消費して魔法を放つ。

魔法自体はそれほどの脅威でも無いはずだが、ウィズが魔法を放つ度に、バニルの顔色が悪くなった。

「カズマさんカズマさん、あのヘンテコ悪魔の体は土で出来てるはずなのに、顔色が変わるもんなのね。今日はとってもいい物見れたわ」

「ああ、それだけ焦っているんだろうな。普段飄々としてるバニルのあんな姿は珍しい。このままもうちょっと追い詰められるのを見ていたい」

「そこの野次馬どもよ、のんきな事を言っていないで散財店主を止めるがいい！」

バニルが必死に声を上げるが、それに返事でもするかのようにウィズの魔法が放たれる。

「やっぱりマナタイトは便利ですね。また機会があれば買い溜めしておきましょうか。でも褒めてくださいよバニルさん、以前大量に買い占めた最高品質のマナタイトだけは持ち出さなかったんですから『インフェルノ』！」

「マナタイトは相場の変動が激しいのだ、素人が手を出すのは危険だからよせ！　あと、最高品質のマナタイトだけはもう仕入れるのは止めてくれ！」

以前最高品質のマナタイトを仕入れる際に、俺から巻き上げた資金を使い果たされ、トラウマを植え付けられたバニルが叫ぶ。

それが決め手となったのか、灼熱の炎に焼かれながらバニルが両手を上げて宣言した。

「我輩の負けを認める！　これ以上の争いは無意味である。セクシー店主グッズを販売した事も謝ろう。なので」

「『ライトニング・ストライク』！　勝手に負けを認めないでください、まだまだ余力があるのは分かってますよ！　勝ちを譲られたって私はスッキリしません『クリエイト・アースゴーレム』！」

バニルに稲妻が直撃する中、大地がぼこりと盛り上がり、新たなアースゴーレムが生み出された。

落雷により崩れた体を再生させながら、バニルがとうとうぶち切れた。

「この分からず屋のワガママ店主め、汝の勝ちでいいと言っているのに何なのだ！　もういい、これ以上マナタイトを使われるぐらいなら実力でねじ伏せてくれるわ！」

「な、何ですか、今さら凄んだってダメですよ！　それにそろそろ日が落ちようとしています、夜はリッチーの時間帯ですからね『ライト・オブ・セイバー』ッッッ！」

「バカめ、夜は悪魔にとっても力が溢れる時間帯だ！　よって持久戦に持ち込んだところで意味は無い、とっとと汝を仕留めてくれるわ！」

光り輝く剣を生み出したウィズが、ゴーレムと共にバニルへ襲いかかる。

「カズマさんカズマさん、リッチーや悪魔ってニートと同じ習性を持ってるのね。私、ちょっとだけ親近感が湧いてきたわ」

「二人の前で言うんじゃないぞ、多分嫌がられると思うから」

ウィズが振るった剣に片腕を斬り飛ばされながら、バニルが残った片手をかざす。

「『バニル式殺人光線』！」

「『カースド・クリスタル・プリズン』！」

必殺の光線に撃たれながらも、ウィズはなぜか楽しそうに。

「バニルさん！　こうして魔法を撃ち合っていると、昔ダンジョンの奥で本気でやり合った時の事を思い出しますね！」

と、氷塊に閉じ込められたバニルの体が爆散した。

自らの体を自爆させ、氷の中からの脱出を試みたようだ。

バニルは崩れかけた体から仮面を外すとそれを地面に投げ捨てる。

ムクムクと新たな体が生み出される中、バニルが嫌そうに口を開いて……、

「あの頃はまだ凛々しさや可愛げがあったのに、どうしてこんなポンコツリッチーになったのだ！　これが闇落ちというやつなのか……」

「や、闇落ちって言わないでください！　私、リッチーになった事を後悔なんてしていませんから！」

ウィズが抗議の声を上げながら、ポケットからたくさんのマナタイトを取り出した。

その石の量を見たバニルが口元を引き攣らせ、

「て、店主……。その両手に摑んだマナタイトが、一体幾らなのか分かっているのか？」

バニルが小さく声を震わせる中、ウィズは楽し気に笑みを浮かべた。

「分かりません！　分かりませんが……。これを全部使い切ったら、きっとスッキリするだろうなという事だけは分かります！」

「ぬああああああああああああああああああああああ！」

――こうして、大悪魔とリッチーの喧嘩(けんか)はウィズがマナタイトを全て使い切るまで続けられ、バニルがウィズグッズは二度と販売しないと心に誓(ちか)い……。

――マナタイトによる赤字が殺虫人形の利益を上回った事で、ウィズの主食がもやしにされた。

異世界不条理日常録

【○月×日。雨】

窓から土砂降りの雨を眺めながら、俺は誰にともなく呟いた。

「俺、この世界が嫌い」

今の時刻はお昼過ぎ。

昼食を終えた俺は街に繰り出そうと思っていたのだが……。

「あんたいきなり何言い出すのよ。天気予報は見てなかったの？」

窓の外を眺める俺に向け、アクアが呆れたように言ってくる。

この世界にも天気予報というものは存在する。

毎朝届く新聞に、専属占い師による予報が掲載されるのだ。

「天気予報は読んでたよ。でも、アレって誤植か何かだと思ってたんだ。だって……」

俺は、家の庭でピチピチと跳ねている魚を指差し。

「急な土砂降りと魚に注意。無用の外出は控え、仕方なく外に出る場合は頭を守る防具を用意する事。……魚に注意って何なんだよ。何を注意すればいいんだよ」

「高級魚が降ってきても慌てて捕まえようとせず、雨が止むまで家に居なさいって事よ。この時季は夏の大精霊と嵐の大精霊が活発化して喧嘩するから、戦場降水帯が発生しやすいの。空に溜まった積乱雲が大雨を降らせるから、暑い夏に水を求めた魚達があちこちから集まってくるのよ」

「ちょっと何言ってるのか分かんない」

目の前で起きている光景も分かんない。

この世界は色々おかしいと思っていたが、この理不尽な自然現象にどうしても慣れない。

「この大雨が降り止んだら魚がとっても安くなるわ。今夜はお刺身と焼き魚ね」

「マジかよ、空から降ってきた魚を食うのか」

……と、この不条理な世界に俺が愚痴を零していると。

「アクア、カズマ、帰ったぞ！　風呂に入りたい、魔法で水を出してくれ！」

「あっ、私の帽子の中にクエが紛れています！　ダクネス、お風呂に入る前に服の中をチェックしてみてください、高級魚が入り込んでいるかもしれませんよ！」

朝から日課に出ていためぐみんが、ダクネスに背負われたままずぶ濡れで帰って来た。

帽子から飛び出し逃げようとする魚を、めぐみんが嬉々として捕まえている。

「魚を使ったヌルヌルプレイを期待したが、なぜか私の鎧の隙間には何も侵入して来ないんだ。私もめぐみんみたいに軽めの服装にするべきなのか……」

「そんな理由で防御力を下げないでください。それより今夜はご馳走ですよ。後で庭で跳ねている魚も捕まえましょう！」

帰って来るなり騒がしい二人だが、この世界の住人なだけあって魚が降ってくる日常にも慣れてるようだ。

普段は特に会いたいとも思わなかったが、今はこの世界に居るらしい転生日本人達と顔を合わせ、愚痴を零したいと思った。

「あっ！　見なさいカズマ、ウナギがいるわ！」

……と、未だ降り止まない雨の中を、先ほど俺に注意していたアクアが飛び出した。

水の女神なだけあって、雨でテンションが上がっているのだろうか。

滝のような豪雨をものともせず、アクアは嬉々として庭で跳ねているウナギを捕まえた。

「カズマ、真鯛にヒラメもゲットしたわよ！　しばらくお魚には困らないわね！」

「魚を捕るのはいいけれど、降ってくる魚に気を付けろよ。……あっ！」

窓越しに注意を促していると、タイミング悪くアクアの頭にブリが直撃した。

さらには、直撃された箇所を押さえその場に蹲っているアクアの頭上に、メバチマグロが降ってくる。

俺は傘を差して庭に飛び出すと、追い討ちを食らってマグロのように転がっているアクアを回収した——

【○月△日。曇り】


「悪逆令嬢ララティーナ！　僕はこの場で貴方の悪行を告発させてもらう！」

パーティー会場のど真ん中で、ダクネスがいきなり告発された。

ダクネスを告発したのは、さぞやモテるだろうと思われる整った顔立ちの、淡い金髪を持つ貴族の青年だ。

会場内がシンと静まり返る中。

「ドルトリン男爵家の令嬢、ティアに対するイジメを今すぐ止めるんだ！　そして……。今ここに、君との婚約破棄を宣言する！　どうか僕の事は諦めて欲しい！　親が勝手に決めた婚約だけど、今日初めて君を目にして改めて思った。君の事は好みじゃない！　僕はティアのような可憐な子が好きなんだ！」

告発で会場が静まり返っていたかと思えば、今度はダクネスがいきなりフラれた。

そんなフラれた当人は——

「……………………」

「ぐっ……！　や、やめっ……！　む、無言で首を絞めないで……し、死ぬ……」

「ダスティネス様、どうかその辺で！」

「お怒りは分かりますが、状況が分かりません！　まずは釈明を聞きましょう！」

格好良く宣言してきた若い貴族は、ダクネスに無言で首を絞められていた。

……というか。

「ダクネス、お前……いつの間にそんな相手が出来たんだよ！　俺という男がありながら、ちゃんと事情を説明しろよ！」

「そうよ、こんな面白そうな話を内緒にしておくだなんてどういう事よ！」

「待ってください、ダクネスはフラれたのですからここは慰めてあげる流れですよ」

「ややこしくなるからお前達は静かにしてくれ！　というか私もわけが分からん！」

ここはとある貴族家のパーティー会場。

先日大量の高級魚が降ってきたため、貴族の間で美食パーティーが催された。

暇を持て余していた俺達は、招待を受け出掛けて行ったダクネスの跡をつけ、パーティー会場を突き止めた。

その後、アクアが駄々をこねたり俺がセクハラしたりめぐみんが脅したりした結果、大人しくしているならという条件付きで参加を許されたのだが……。

「ご、ごほっ……！　な、なんて乱暴な女なんだ。やはりティアの言う事は正しかった！」

首を絞められていた男が涙目で立ち上がり、何やら一人で納得している。

ここは仲裁すべきかとも思ったが、何だか面白そうな事になっているのでこのままもう少し見守りたい。

と、男はダクネスに指を突き付け。

「改めて言わせてもらおうか！　僕は真実の愛を見付けたんだ！　だから君とはへぶう！」

「ダスティネス様！」

ダスティネス様、お気持ちは分かりますが最後まで聞いてみましょう！」

ダクネスに絡んだ男は今度は無言でぶん殴られ、涙目のまま絨毯の上に転がされた。

「いや、許可もなく爵位が上の者に話しかけるなとか、婚約破棄だとか、その口の利き方は何だとか。初対面で君の事は好みじゃないは無礼だろうとか、僕の事は諦めて欲しいとは何の事だとか、言いたい事は色々あるが……」

殴り付けたダクネスは、困惑気味の表情で言い募ると、最後に告げた。

「そもそも、誰だお前は」

「ぼ、僕の事を知らないだと？　嘘だ、そんな言葉では誤魔化されないぞ！　幾らそちらの爵位が上だからって……！　……爵位が上？　えっ、爵位が上って？」

なぜか挙動不審に陥ったその男は途端に目を泳がせ始める。

貴族の一人がダクネスに近付くと、耳元で何かを囁いた。

「……ピンズ伯爵家の嫡男、バイス？　名前を聞いても全く覚えがないのだが……」

「既に証拠は上がっている！　今さらとぼけても無駄だぞララティーナ痛いっ！」

言葉の途中で頬を張られ、バイスと呼ばれた男が黙らされた。

どうやら公衆の面前でララティーナ呼ばわりされたのが気に食わなかったらしい。

と、それまで見守っていた貴族の一人がバイスに告げる。

「バイス殿、誰かと間違えてはいないか？　こちらのお方はダスティネス公爵家の御令嬢、ダスティネス・フォード・ララティーナ様だぞ」

「えっ」

告げられたバイスは一瞬固まると、挙動不審に辺りを見回し、やがてダクネスへと視線を向けた。

「ライラック子爵家のご息女、ライラック・ロッド・ララティーナ嬢では……」

周囲の貴族が首を振ると、バイスがみるみるうちに顔色を青ざめさせていく。

ダクネスがバイスを指差し。

「よし、こいつを処刑しろ」

「間違えました申し訳ありません赦してください！」

その後ダクネスに平謝りしたバイスは、貴族達から面白い見世物だったと取り成され、処刑だけは免れた。

そしてバイスは、こんな騒ぎを起こした事情を話し始め――

【○月□日。雨】

「カズマさんカズマさん、こないだの大雨で拾ったウナギなんだけど、何だかちょっとおかしいの。昼食は蒲焼きにしてもらおうと思ったんだけど、これって本当にウナギかしら」

台所に置かれた水瓶を覗き込みながらアクアがそんな事を口にした。

本来なら今日はアクアが食事当番なのだが、ここのところは高級魚がたくさん獲れたので、料理スキルを持つ俺が率先して料理を担当している。

「この世界に詳しくない俺にそんなの聞くなよ。どうせアレだろ、グレーターウナギとかジャイアントウナギが居るんだろ？　ウナギなら蒲焼きにすればどれも美味……」

アクアと共に水瓶を覗くと、そこには鱗を持つ蛇が泳いでいた。

「……これウミヘビとかウツボじゃないのか？　少なくともウナギじゃないよな？」

「私にも分からないわ。この子を捕まえた時はウナギだと思って浮かれていたんだもの。ねえ、蒲焼きでいけると思う？　ご飯炊いといた方がいい？」

マジかよ、コイツ得体の知れないヘビを食べるつもりか。

「いや、ウミヘビは知らないけどヘビのモンスターだと毒持ってそうじゃないか？　コイツは捨ててきた方がいいと思う」

「ウナギだって血に毒があるんだし、食べられない事は無いと思うの。ていうか、今日はもう蒲焼きの気分になっちゃったんだから仕方ないじゃない」

そこまで言うんじゃ仕方がない、コイツに先に毒味をさせよう。

と、俺が水瓶の中に手を入れようとした、その時。

「キュッ！」

「痛っ!?　えっ、何だこれ痛ってえええええええ！」

俺に捕まえられそうになったヘビが口から水を吹き出すと、水に強力な圧力でもかかっているのか、伸ばした手が撥ね除けられた。

「今のは水のブレスかしら。この子多分ウナギじゃないわね」

「それは見れば分かるだろ！　ほら、手に血が滲んでる！　おいアクア、治してくれ！」

予想外の反撃を受けた俺はアクアに傷を癒やしてもらう。

と、それを見ていたヘビが水瓶の中から頭をもたげ、アクアに向かって近寄っていく。

「何よ、やる気？　水ヘビか海ヘビか分からないけど、水の女神に勝てると思って……。どうしたのかしら、この子私に懐いているの？」

水属性仲間同士相性が良いのか、まるで撫でろと言わんばかりにヘビがアクアの指先へ頭を寄せた。

「水の女神から溢れ出る水オーラに惹かれたのね。あなた、中々見所があるじゃない」

「こいつらって夏場の暑さから逃れるために、大雨を求めて寄って来たんだろ？　お前の事を公園の蛇口みたいに思ってるんだろ」

「女神の私をそんな物と一緒にしないでちょうだい。でも困ったわ、さすがにこれだけ懐かれるとお昼ご飯にするのは気が引けるんですけど」

お前、まだコイツを食う事を諦めてなかったのか。

【○月◇日。曇り】

「こうして、大魔法使いサイトーが引き起こした大噴火によりペペロン山に巨大な火口が生み出された結果、その跡地に火口都市ペペロンが出来たのです」

ダクネスの遠い親戚だという貴族の屋敷でめぐみんが締めくくった。

それを真剣な顔で聞いていた女の子が、はいと手を挙げ口を開く。

「めぐみん先生、なぜ彼らはそんな所に街を作ったのですか？　ペペロン山が再び噴火する可能性は無いのですか？」

女の子の名前はリリアンティーヌ。

ダクネスの親戚とは思えないほど賢い少女で、めぐみんの授業によりメキメキと学力を上げている。

先日、紅魔族は知能が高いという噂を鵜呑みにし、ダクネスの実家経由でめぐみんに家庭教師の依頼が来た。

俺とダクネスが散々説得したのだが、リリアンティーヌお嬢様がなぜかめぐみんを気に入ってしまい、こうして授業を行うに至っている。

「良い質問です。まず、どうしてそんな所に街を作ったのかですが、城壁を作るお金が無かったのが一つ。ぽっかりと開いた火口部分に街を作り、周囲を天然の城壁にしたのです。次に、ペペロン山には地下水脈があり、水資源が豊富な事も大きいですね。そして懸念の噴火ですが、ペペロン山に住んでいた炎の大精霊を高純度のマナタイトでおびき寄せ、別の山へと移住させたそうです。なので今後ペペロン山が噴火する事はないでしょうね」

「なるほど……。よく分かりました、ありがとうございます、めぐみん先生！」

マジかよ、精霊ってマナタイトで釣れるのか。

めぐみんの目付役としてダクネスと共に付いて来させられたのだが、異世界の授業はちょっと面白い。

——と、めぐみんがふとこちらに視線を向けると。

「さて、そこの二人に質問です。第二次デストロイヤー破壊作戦は、デストロイヤー破壊には失敗したものの、その作戦自体は成功だったと言われています。それはなぜだか分かりますか？」

「「⁉」」

授業を見学していた俺とダクネスはなぜか抜き打ちで質問された。

俺達はめぐみんが失礼を働かないかの監視なのに、何で生徒みたいな扱いに。

そもそも第二次デストロイヤー破壊作戦って何なんだ、日本人の俺が知るわけないだろ。

「俺は歴史に詳しくないので、貴族令嬢のダクネスさんお願いします」

「ええっ⁉　い、いや私も歴史の授業はあまり……」

俺達が答えられないでいると、めぐみんが手にした教鞭でこちらを指して。

「まったく、二人はこんな簡単な問題も分からないのですか！　第二次デストロイヤー破壊作戦！　これはデストロイヤー好きであれば誰もが知る常識ですよ？　いいですか、まず機動要塞デストロイヤーにはたくさんの脚があります。そのため、アレが通った大地は土が大いに耕され……」

聞いてもいないのにめぐみんがデストロイヤーについて語り出す中、俺はダクネスに耳打ちした。

（おいダクネス、アイツ先生呼ばわりされてちょっと調子に乗り始めてるぞ。そろそろ一回シメとくべきか？）

（待てカズマ、世間ではデストロイヤーが好きな人は案外多い。私達の方が常識知らずの可能性もある、今はもう少し様子を見よう）

「そう、それはデストロイヤーに蹂躙されたモンスター達です！　それらの死体が耕された土へと還り、肥沃な土地を生み出したのです。こうして、かの第二次デストロイヤー破壊作戦迎撃跡地は、一大穀倉地帯へと生まれ変わり……」

そんな事をヒソヒソと囁き合っていると、めぐみんは授業に熱が入ってきたのか大仰な手振りで教鞭を振り回し始め——

【○月▽日。雨】

ダクネスが紅茶を片手にゆったりと新聞へ視線を落とし、俺とアクアがダクネスの前に置かれた茶菓子を勝手にパクつく、そんな穏やかな昼下がり。

ふと台所の水瓶を覗き込んでいためぐみんがおもむろに口を開いた。

「アクア、みょろりんは一体何を食べるのですか？　ウミヘビの類いなら魚でしょうか」

「みょろりんって誰の事よ、私の眷属に変な名前を付けないでちょうだい。その子の名前はメルビレイ。海龍王メルビレイよ。弱っちそうなウミヘビだけど、水の女神である私が勝手に海龍王の称号を与えてあげたわ」

みょろりん改めメルビレイは、アクアに大仰な称号を与えられどことなく満足そうだ。

水瓶の中でスイスイと泳いでいた小さなヘビは、変な名前を付けられそうになった腹いせなのか、覗き込んでいためぐみんの顔にピュッと小さな水ブレスを吐きかけた。

「あっ、何ですか！　この私とやる気ですか？　たとえちんまりとしたヘビだろうと、私は手加減しない女ですよ？」

「ちょっとめぐみん、ウチの子を虐めないでちょうだい。この子が大きくなった暁には魔王城を海から襲ってもらうの。何せ私の眷属海龍王だもの、きっと水ブレスで城を吹き飛ばせるぐらいに育つわよ。私のくもりなき鑑定眼に間違いはないわ」

先ほどから庭でミミズを突いて追い回しているひよこの事を、ドラゴンだと鑑定していたアクアが断言した。

お前最初捕まえた時、メルビレイをウナギって言ってなかったか。

「海龍王とは大きく出ましたね。育ちきる前に、我が漆黒の使い魔ちょむすけのご飯にされそうですが……あいたっ！」

そんな物言いが気に食わなかったのか、メルビレイが先ほどよりも強めにピュッと水を

吐きかけ、それがめぐみんのおでこに当たった。

「やってくれましたねメルビレイ！　あなたがちょむすけに食われる前に、今ここで蒲焼きにしてくれます！」

――と、荒ぶるめぐみんに対して一歩も引かないメルビレイを、それまで新聞を読んでいたダクネスが何か言いたそうな顔でジッと見ていた。

……というか読みかけの新聞を手にしたダクネスは、メルビレイと新聞を何度も見比べジットリと汗を垂らしはじめる。

俺はそんなダクネスを見て無言で新聞を取り上げた。

「あっ⁉　何をするんだ！」

当然のように抗議してくるダクネスに、

「うるせー、お前が嫌な予感しかしない行動を取ってるからだよ！　何が書かれていたのか知らないけど、この新聞は読まずに破棄する。俺達は何も知らないし見なかった」

「お、お前……！　いや待ってくれ、私の見間違いならそれでいいんだ。でも、その朝刊にとても見過ごせない大変なむぐう！」

最後まで言わせまいと、俺はダクネスの口に茶菓子を突っ込んだ。

「それ以上言うんじゃない。世の中にはな、知らない方が幸せな事だってあるんだ。例えば稀少金属で知られるアダマンタイトは、アダマンマイマイのうんこだとかな」

茶菓子を口に突っ込まれ、なぜか赤い顔をしていたダクネスは口の中の物を飲み込むと。

「……アダマンタイトが、その……マイマイの排泄物というのは本当なのか？　私の鎧はアダマンタイト製なのだが……」

「ほんとだよ」

俺に鍛冶スキルを教えてくれたおっちゃんが言っていたのだ、間違いない。

ダクネスが大切な物を汚されたような顔で落ち込む中、

「というわけで、メルビレイはただのウミヘビ。アイツは今晩蒲焼きにする。それでいいな？」

「……分かった、あまりよくないがそれでいい。確かに知らないでいる方が幸せな事もあるからな……。それより、先ほどの菓子をいきなり私の口に突っ込むヤツをもう一度やってくれないか？」

俺だってお前みたいなのが貴族のお嬢様だなんて知らない方が幸せだったよ。

【○月□日。雨】

昨夜、メルビレイを蒲焼きにする事に激しい抵抗をみせた、アクアが言った。

「カモネギの養殖事業を始めましょう」

朝早くからどこかに出掛け、突然帰って来たかと思えばこれだ。

「……何だよその、エビの養殖みたいな怪しげな話は。一体何に影響されたんだ？」

「そんなのと一緒にしないでちょうだい。カモネギよ。倒しても食べても経験値が沢山もらえる、カモネギを養殖するの。カモネギは貴族に高く売れるから絶対に儲かるわ！」

言ってる意味は分かるのだが、生き物の養殖なんてよほど知識が無いと無理だろう。

「素人が手を出してどうにかなるもんじゃないだろ。そういうやつって大概が、育てる最中に死んじゃって大損するもんなんだぞ」

養殖事業が博打に近いと言われるのは生き物を扱うのがデリケートだからだ。

ただでさえ色んな液体を水に変えるコイツが、まともに養殖を行えるとは思えない。

「バカねカズマ、私を誰だと思ってるの？　カモネギが弱ってきたらヒールをかけて、万一死んじゃったらリザレクションよ」

「リザレクションってアークプリーストが使える最高峰の魔法って聞いたんだけど、お前、そんなもんを養殖に使うのか」

ぶっちゃけ、もうリザレクション屋でも始めた方が儲かる気がするのだが。

――と、そんな俺達のやり取りを聞いていたダクネスが。

「確かにカモネギの養殖は成功すれば大いに儲かるらしいが、養殖事業はかなりの初期費用がかかると聞くぞ。そのお金はどうするんだ？」

「それについては考えがあるわ。カモネギは水場を好むから、飼育予定地はアクセルの貯水池よ。そして、養殖するカモネギもその辺で捕まえてくればタダで済むわ」

要は野生生物を街の貯水池で勝手に放し飼いするわけか。

それ絶対怒られるだろとかカモネギが逃げるんじゃないかとか既にツッコミどころしか無いのだが、どうやらコイツは本気のようだ。

「そうか、まあ頑張ってくれ。万が一成功したら高い酒でも奢ってくれよ」

「何バカな事言ってるの？　もちろんカズマも一緒にやるのよ」

なんでだよ。

「貯水池を勝手に使った時点で怒られるのが確定だし、カモネギなんてそう簡単に捕まらないだろ。カモネギの群生地なんてあるのかよ？」

「貯水池の使用許可ならダクネスがいれば何とかなるわ。カモネギについては、カズマさんの運の良さに賭けるしかないわね。ブレッシングをかけたカズマさんをその辺に置いとけば、カモネギが寄ってくるんじゃないかしら」

人様をモンスターの餌みたいに扱うのは止めろ。

「い、いや、実家の権力をあてにされては困るのだが……。貯水池ではなく、街から離れた湖はどうだ？　あそこなら誰の物でもないから、好きに使っていいはずだが」

「本当は街の近くが良かったんだけど、仕方ないわね。じゃあカズマさん、カモネギ探しは任せたわね」

「俺がカモネギ見付けたら、その場で経験値に変えるに決まってるだろ」

……交渉の結果、カモネギ一匹につきアクア秘蔵の品を一つ貰えるという事になった。

酒好きなコイツが秘蔵するほどの高級酒だ、どれほどの物なのか楽しみだ――


【○月×日。曇り】

「と、このように魔力等価交換の法則が成り立つわけです。この法則は、天才魔道学者ひよひよが発見したと言われていますね」

「魔力等価交換……。ひよひよが発見……っと。勉強になります！」

今日は恒例の授業の日。

ダクネスと共に監視にやって来たのだが、今のところはまともな授業だ。

この分なら、そろそろ監視は必要無いか……。

「先生、それではそろそろ……！」

「そうですね。では、リリアンティーヌが好きな歴史の授業を始めましょうか」

めぐみんの言葉を聞いて、リリアンティーヌがパチパチと拍手した。

めぐみんはおもむろに黒板へ何かを書き始めると――

「紅魔歴二千六百二十二年。大魔法使いぺけぽんが数多の紅魔族を率いて、邪神ぴよっこを討伐した話から……」

（おい、紅魔族ってそんなに古い歴史があったのか？）

（い、いや、ベルゼルグ王家ですらそんなに長くないはずだ。それに、邪神のネーミングセンスがおかしい。そんな話は聞いた事もないし、一度聞けば忘れないはずだが……）

――監視はもう少し続ける事にした。


【〇月◇日。曇り】

アクセルの街の川沿いで、俺は小さく呟いた。

「マジかよ、ブレッシングってここまで効果があるのかよ……」

アクアに祝福の魔法を掛けてもらった俺は、遭遇したカモネギの群れを前に、捕獲するか経験値に変えるかで悩んでいた。

「な、なんというかお前の運はたまにズルいな……。こんなに簡単にレアモンスターと遭遇するとは、上手くやれば本当に大金を稼げるのではないか？」

お供として付いてきてもらったダクネスが呆れたように言ってくるが、

「いや、こういうのは調子に乗って欲に任せて運を使うと大概しっぺ返しがくるもんなんだよ。大体勝てるって分かってるのに、俺、あんまギャンブルとかしないだろ？」

「なるほど……。幸運を司る女神、エリス様はそういうところはしっかりしてるという事か。賭け事などにも厳しそうだしな」

いやあ、あの人は結構勝負事とか好きな方だよ、最初会った時勝負挑まれたし。

「ところでコイツらどうしようか。捕まえて、街の近くの湖に放せばいいのか？」

「そうだな、カモネギの群れはリーダーの後に付いてくる習性がある。リーダーを捕まえて湖に向かえば、安全に移住させられるはずだ」

カルガモの親子みたいな習性だが、そういう事なら話は早い。

俺は群れの先頭を歩くカモネギを捕まえると……。

「……なあダクネス、一匹ぐらい経験値に変えないか？」

「うっ……。い、いやでも、この可愛らしい姿を見てしまうと……」

俺の悪魔の囁きに、ダクネスが悩ましい顔で固まっている。

リーダーを抱いた俺の後ろを、カモネギの群れがよちよちと付いてくる。

確かにこれを見てしまっては、躊躇してしまうのも理解出来た。

まあ、この姿を見て遠慮無く狩れるヤツはそうそういないか——

【〇月□日。雨】

「すいません、ドアを開けてもらっていいですか？　めぐみんを運んできました」

水に濡れためぐみんが、大量のカモネギと共にゆんゆんに背負われ帰って来た。

「聞いてくださいカズマ！　ゆんゆんと決闘しに出掛けた先の湖で、なんとカモネギが群れをなしていたのです！　ええ、全部まとめて美味しく経験値にしましたとも！　これが日頃の行いというやつで……あっ！　何をするかっ！」

「わあああああああああああああああああああああー！」

どうやらアクアのカモネギ養殖場が通り魔の手により破壊されたようだ。

先日、カモネギの行進を見て狩れるヤツはそうそういないと思ったが、躊躇なく狩りそうなヤツの存在を忘れていた。

「カ、カモネギはモンスターだから、めぐみんのやった事は間違ってはいない。間違ってはいないのだが……」

カモネギの群れの行進を思い出したのか、意外と乙女なダクネスが涙ぐむ。

動けないめぐみんにアクアが襲いかかる中、俺はカモネギを抱えて台所へ。

その日の夜は、ゆんゆんを交えてカモネギ鍋を堪能した。


【○月▽日。雨】

ララティーナがピンズ伯爵主催のパーティーにお呼ばれした。

俺もエスコート役として付き合わされたのだが、そこで決闘騒ぎが起こった。

ピンズ伯爵の嫡男バイス君が婚約破棄を宣言すると、フラれた悪役令嬢ララティーナが決闘を申し込んだのだ。

ウチのララティーナではなく、ライラック家のララティーナさんだ。

ウチのララティーナが立会人となりバイス君との決闘が行われたのだが、勝ったのはララティーナさんだった。

フラれた腹いせにバイス君を処刑するかと思われたララティーナさんだったが、意外な展開に向かっていった。

親が勝手に決めた婚約でお互いに初対面だと思われていたが、ララティーナさんいわく、実はバイス君とは子供の頃に会っていて、昔はよく遊んだのだという。

大好きなバイス君との婚約が決まり浮かれていたところに、ドルトリン男爵家のティアさんがバイス君を誘惑した事が赦せず、彼女を虐めてしまったらしい。

そんなラティーナさんの告白に、ティアさんはラティーナさんを赦し、バイス君はちょっとだけラティーナさんに惹かれたような顔をしていた。

その後ラティーナさんが『とはいえ決闘には勝ったんだからバイスは私の物よね』と言い出し、ティアさんが決闘を申し込むというカオスな展開に。

その結果決闘は引き分けで終わり、景品のバイス君との婚約権は裁判で争う事になった。

ウチのラティーナが、ラティーナラティーナとあちこちで連呼されていた事でちょっとキレていた。


【○月▼日。雨】


最近、ちょっと気になる事がある。

アクアが拾ってきたメルビレイが空を見上げていると、激しい雨が降り出すのだ。

上級魔法の中に天候を操作するものがあるらしいが、魔法を使った様子もない。

メルビレイは成長が早く、水瓶では飼えなくなった。

アクアが庭に池を作ってそこで飼うと言い出した。

ダクネスが庭に穴を掘り、そこに水を生成してメルビレイの新居が出来た。

めぐみんが、穴掘りや土木工事なら私の出番でしょうとか言っていたが、お前が作るのはクレーターだろうが。

そしてメルビレイは蒲焼きにすべきとの俺の意見は黙殺された。


【○月×日。曇り】

めぐみんの授業が怪しさを増してきた。

邪神討伐に続き、破壊神討伐、古龍討伐、大悪魔討伐など、ダクネスも知らない紅魔族の功績が盛られていった。

紅魔族が集まれば実際にやりかねないという事で見逃していたが、先日の授業では、実はこの世界は一度文明が崩壊しており、紅魔族は前文明の生き残りで、人類に知識と文明を授けたのだとか言い出した。

お前らは歴史の浅い改造人間一族のはずだろとか、ツッコミどころが増えてきた。

リリアンティーヌがそれらの怪しい歴史に影響を受ける事をダクネスが危惧している。

やはり監視は継続しなければいけないようだ。


【○月◆日。雨】

アクアが威勢エビの養殖事業を始めると言い出した。

威勢エビを捕まえてきて欲しいと頼まれたので、川で捕まえてきたザリガニをエビの子供だと言って与えてみたら、貯水池に放って育て始めた。

アクアいわく、今のところ餌は何を与えてもたくさん食べてくれるそうで、育てるのが楽ちんだそうだ。

そういえば、カモネギを捕まえた際の秘蔵の品をまだ貰っていない事に気が付いた。

今夜にでもアクア秘蔵の高級酒を貰うとしよう。

【○月▲日。雨】

アクアにお礼を要求したら変な形の石を渡され、投げ捨てようとしたら怒られた。

アクアいわく、川で長い年月を経て奇跡的な転がり方をしなければ出来ない、素晴らしい形の激レア石らしい。

それを聞いても石の良さがサッパリ分からなかったので要らないと返したら、アクアがほくほく顔で部屋に持って帰った。

あれだけ大事にしていると、やっぱりちょっと欲しくなってくるのが不思議だ。

そういえばこのところ、メルビレイが空を見上げる度に雨が降る。

どうにかしたいところだが、こないだ包丁を片手に三枚に下ろそうと近付いたら、強力な水ブレスで反撃を食らった。

俺はウミヘビにすら負けるのかと、ちょっとだけ落ち込んだ。


【○月○日。雨】

ウチのララティーナ立ち会いの下、バイス君との婚約を巡り裁判が行われた。

裁判ではまず、ララティーナさん側から、バイス君による一方的な婚約破棄は無効であるという主張がなされ、ウチのララティーナもそれに同意した。

それに対してティアさん側から、イジメを行うような悪役令嬢はバイス君に相応しくないとの反論が返ってきて、ウチのララティーナもそれに同意した。

二人が激しく言い争う中、ウチのララティーナが嘘を吐くとチンチン鳴る魔道具を持って来させると、ティアさんの主張していた嫌がらせは自作自演だった事が判明した。

そこで終われば良かったのだが、ララティーナさんが主張していた、バイス君と子供の頃に遊んでいたという話も嘘っぱちだった事が判明した。

結局ティアさんもララティーナさんも、バイス君の財産目当てで近付いたらしい。

バイス君が人間不信になりかけた頃ウチのララティーナが、もう全員まとめて貴族籍を没収してしまえと言い出し、慌てた三名による話し合いが行われた結果——

【〇月◇日。雨】


めぐみんによる家庭教師のバイトが終了した。

紅魔族が第六次天魔大戦で創造神や大悪魔を相手に戦った話は正直ちょっと面白かったが、そもそも第一次天魔大戦なんてものすら無かったようだ。

リリアンティーヌは賢い子で、ちゃんとその辺は理解していて面白い物語として聞いていたらしい。

歴史の授業以外はちゃんとした内容だったようで、成績も上がり親御さんにも喜ばれた。

これでリリアンティーヌが妙なポーズを取り始めなければ、ダクネスもバイトを続けさせてくれたのだろうが——


【〇月×日。雨】


アクアのザリガニ飼育池で大変な騒ぎが起こった。

アクアが放ったザリガニに引かれ、カエルが集まり住み着いたらしい。

急遽貯水池のカエル討伐クエストが行われ、冒険者達による激しい戦闘でしばらくの間貯水池が使用出来なくなってしまった。

また賠償させられるのかと警戒したが、新しい貯水池を作る事で赦してもらった。

めぐみんが巨大なクレーターを作り、そこにアクアが水を生成する計画だ。

こっぴどく叱られ反省したはずのアクアだが、今度はスッポンかしらとか呟いていたのが気になるところだ。

そして、メルビレイの胴体に小さな足が生えたのも気になるところだ――


【○月□日。雨】

バイス君の結婚式が執り行われた。

話し合いの結果、二人とも妻に迎える事になったようだ。

この世界では魔王軍による人口減少の対策として一夫多妻が赦されている。

バイス君が死んだ目をしていたが、二人とも美人ではあるので正直言って羨ましい。

あと、結婚を機にララティーナさんがララティーヌさんになった。

戸籍を弄る際にちょっと名前を変えたらしい。

ウチのララティーナがなぜかニコニコしていたのだが、後で問い詰めてやろうと思う。

【○月△日。……】

その日も朝から雨だった。

俺は窓の外を眺めながら口にする。

「……なあ、メルビレイの事なんだけど」

「「…………………」」

俺の何気ない一言に、めぐみんとダクネスが顔を背ける。

「メルビレイがどうしたの？　あの子、最近芸を覚えたのよ。水ブレスを上手く使って宙にボールを浮かせられるの」

そう言ってアクアが指すメルビレイは、池から首を覗かせて空に水ブレスを放っていた。

ブレスの先では大きめのボールが絶妙なバランスで浮いており——

「アレは確かに凄いけど、そうじゃない。……アイツ、ウミヘビじゃないだろ。このまま飼ってちゃいけないヤツだろ」

どんどん成長を続けたメルビレイは今や池の中には収まらず、常に池から頭を出している状況だった。

池の大きさが大体直径三メートルほど。

そこにとぐろを巻きながら収まるメルビレイは、傍から見ても窮屈そうだ。

「そうね、メルビレイはウミヘビじゃなくて海龍王よ。そろそろもっと大きな家を作らないといけないわね」

「そうじゃない、アイツを川かどっかに放流しようって話だよ。これ以上育ったら、それこそ川に運ぶ事すら出来なくなるぞ」

というか今でさえギリギリだ。

大きな水瓶と台車を使い、それでどうにか運べる大きさなのだ。

「……なあダクネス。こないだは最後まで言わせなかったけど、お前はアイツの正体を察してるんだろ？　アレって一体何なんだ？」

正直言って聞きたくないし、この問題は後回しにしたいところだが……。

「……新聞にはこんな記事が載っていた。ある港町の沖に、リヴァイアサンと思しき巨大生物が棲み着いたと。そして、リヴァイアサンは丁度今が産卵期であり、孵化した子供が戦場降水帯により降ってくる恐れが……」

「よし、今すぐ捨てに行くぞ」

雨が止んだ日にしたかったが、それどころではなくなった。

リヴァイアサンってゲームで出てくるヤバいやつだろ。

——翌日。

放流に対し散々駄々を捏ねて反対したアクアをなだめ、メルビレイを入れた大きな水瓶を台車に載せる。

「本来なら蒲焼きにしてリヴァイアサンスレイヤーを名乗っても良かったんだぞ。これ以上デカくなったら討伐対象になりそうだし、本当は放流だってヤバいんだからな？」

「リヴァイアサンはモンスターより精霊に近い存在よ。知能も高いし、こうして人に懐いちゃえば襲ってくる事は無いはずよ。それを蒲焼きだなんてとんでもないわ」

「コイツを捕まえた時、蒲焼きにしようって言い出したのはお前だぞ」

今日はこのまま台車で川まで運び放流する予定だ。

ダクネスいわく、アクセルの街近くを流れる川は海に繋がっているそうなので、川に放ってやれば本能的に海に向かうだろうとの事。

……と、めぐみんがメルビレイの背中を撫で付けながら。

「短い間でしたが、この子にちょっと情が移ってしまいましたね。カズマ、このままアクセルの街で飼ってやるわけには……」

「いや、リヴァイアサンってメチャメチャデカくなるんだろ？　街近くの湖に放しても狭くなるだろうし、コイツのためにも海に帰してやった方がいいだろ」

台車に手を掛けたダクネスが、申し訳なさそうに頷くと。

「ここまで情が移る前に私が言い出すべきだったな。メルビレイの正体にはほぼ最初から気付いていたのだ、アクアもめぐみんもすまなかった」

「お前は皆に教えようとしてただろ。それを、見なかった事にしろって言ったのは俺だからな。全ての責任は俺にある」

そんな俺達のやり取りをメルビレイが不思議そうに眺めているが……。

「仕方ないわね。ねえメルビレイ、海に着いたら今よりもっと大きくなって、頃合いを見て魔王城を襲いに行くのよ？　海龍王のあなたには期待してるからね？」

「お前、最初はウナギ呼ばわりしていたクセに、無茶振りするのは止めてやれよ……」


——アクセルの街を出た俺達は台車を引きながら川へと向かう。

川は街からそう遠く離れていないため、大した危険も無いと思っていたのだが……。

「ねえカズマ、私達の天敵のカエルが出たわ！　よりにもよって四匹も！」

「カズマ、爆裂魔法を使いますか？　音で他のカエルをおびき寄せてしまいますが……」

アクセル名物ジャイアントトードが俺達の進路を塞ぐように現れた。

「私は金属鎧を着ているから狙われないが、動けないメルビレイが危険だな。一応、囮スキルのデコイを使ってみるが……」

ダクネスが引いていた台車から手を離し、剣を引き抜きながら提案してくる。

一匹でも苦戦するカエルなのに四匹という数はちょっとマズい。

今日はメルビレイを海に帰すのは諦めて、爆裂魔法で殲滅後素早く街に撤退するか……。

「キュッ！」

そんな事を考えていると、メルビレイが一声叫びブレスを放った。

放たれた水ブレスは一匹のカエルに直撃すると――

「……はっ？」

俺が思わず声を上げる中、カエルの腹に風穴が開いた。

巨大なカエルが倒れ伏す中、メルビレイは次々とブレスを放ち――――！

「メルビレイは家で飼おう」

「ちょっとあんた待ちなさいよ。さっきまで色々言ってたのは何だったのよ」

メルビレイは強かった。

カエルの群れをアッサリ全滅させた後、それが何でも無い事のように今も平然と水瓶の中でのんびりしている。

「俺達の天敵を一撃だぞ？ しかも魔力切れも無さそうだし、これから更に強くなるんだろ？ もうコイツさえいれば火力に困らないじゃん。小さい足も生えてるし、いずれ陸上でも暮らせるんじゃないのか？」

「ま、待ってくださいカズマ、火力担当なら既に私が居るじゃないですか。メルビレイは海に帰してあげましょう、それがこの子にとっても幸せですから！」

めぐみんが慌てたように言ってくるが、俺はメルビレイの鱗をこんこんと小さく叩き。

「しかもコイツ、リヴァイアサンって事はドラゴンの一種だろ。鱗がこれだけ硬いんだ、ヘタしたらダクネスより硬くなるかもしれん」

「わわわ、私の方が硬いに決まっているだろう！ クルセイダーは最強のタンクだぞ、ただのミズヘビに負けるはずが無い！」

メルビレイをミズヘビ呼ばわりし始めたダクネスをよそに、アクアが言った。

「まあ私としては、この子を飼う事に不満は無いわ。水の眷属であるリヴァイアサンは、成長すれば魔法まで使えるはずよ。私が水系統の魔法を教えてあげても……」

「キュッ！」

と、その時だった。

メルビレイが一声鳴くと、俺の右手が小さく輝く。

以前、メルビレイを三枚に下ろそうとした際に逆襲され、付けられたはずの小さな傷。それがまるでヒールを受けたかのように消えており……。

「あんたちょっと待ちなさいよ、今のってヒールでしょう！　何でウナギがヒールなんて使えるのよ！　一体どこで覚えてきたの⁉」

メルビレイをウナギ呼ばわりし始めたアクアの言葉に、めぐみんが顎に手を当て考察する。

「アクアがヒールを使うところを見て覚えたんでしょうね。しかし、回復魔法に適性があるという事は、この子は信仰心が厚いのでしょうか？」

「つまり、女神の私に懐き過ぎたのが原因って事？　ダメよメルビレイ、その魔法は封印よ！　じゃないと私とキャラが被るじゃないの！」

むしろブレスも吐けるメルビレイはアクアの上位互換な気もする。

――と、三人はふと顔を見合わせ頷くと。

「日が暮れる前にメルビレイを海に帰そう。急ぐぞカズマ」

「私も台車を押しましょう。水瓶の中は狭いでしょうから、早く広い川や海に出してあげたいですからね」

「回復魔法を授けてあげたんだから海に帰っても元気で生きるのよ、メルビレイ。この辺に留まっちゃダメだからね？　冒険者に見付かったら、あんた蒲焼きにされちゃうわよ」

手の平を返した三人を見て、なぜかメルビレイは満足気に水瓶の中へ引っ込んだ。

……コイツ、俺達の会話を理解してたりしないよな？

アクアがリヴァイアサンは知能が高いと言っていたが、俺がやっぱり飼おうかと言い出したら、タイミングよく怪我を治した事といい――

「――メルビレイ。あんた、名付け親の私の事を忘れたら赦さないわよ？　たまに海に遊びに行くから私が呼んだら来なさいよ？　あと、モンスターや魔王軍を見付けたら水ブレスを吹っかけてやんなさい」

「キュッ」

川に放たれたメルビレイがアクアの言葉に鳴き声を返す。

やはりコイツはアクアより知能が高そうに思えてならない。

本当にメルビレイを海に帰していいのか？

そうだ、ここ最近の自分の日記を思い出せ。

この世界の人間より、コイツの方がよほど頼りになるんじゃないのか？

「なあメルビレイ。三食腹いっぱい魚が食べられて、たまにお酒も飲めるとしたらここに残るか？　リヴァイアサンってドラゴンの一種なんだろ？　ドラゴンは酒が好きだって聞いたんだが——」

「メルビレイ、早く行きなさい！　この男の言葉に耳を貸しちゃダメだからね！」

俺の言葉に一瞬興味深そうな反応を見せたメルビレイだが、アクアに追い立てられるようにして海がある方へと去って行った——

【○月▲日。晴れ】

メルビレイを送り出したら雨が止んだ。

正直今でも惜しかったなと思っているが、アイツも海に帰りたかったのだろう。

ここ最近は晴れの日が続いている。

おかげで、めぐみんの日課に付き合うのも楽でいい。

……と、そんな事を考えていたら、警察から出頭命令が届いた。

穏やかじゃないなと訝しみながらも署に向かうと——

【○月▼日。晴れ】

カズマさんが警察署に預けられてから三日が経った。

今日の夕方には解放されるとの事でダクネスが迎えに行っている。

めぐみんはカズマさんの好物を買いに出掛けた。

私は秘蔵のお酒を用意してみたけど、これで赦して貰えるのかしら。

一応言い訳をさせてもらうと、私だけが悪いわけじゃないと言わせて欲しい。

確かにカズマさんの名前を勝手に借りてスッポンの養殖事業を始めたのは私だけど、お金を貸してくれたサラ金の人を騙すつもりなんて無かったし、そもそもスッポンの経験値に目が眩んで全滅させたのはめぐみんだから、やっぱり私は悪くないと思う。

でもカズマさんがそんな言い訳に耳を貸してくれると思わないので、こうしてここに書いておきます。

ごめーんね！


【○月◇日。晴れ】

詐欺罪に問われて捕まったがようやく解放してもらえた。

とはいえ、早急に金を集めて返さないと改めて罪に問われるそうだ。

あまりにも理不尽な話だが、ここはクソみたいな異世界なので諦めている。

どうやらアクアにちょくちょく読まれているみたいなので、日記を付けるのはこれで最後にしようと思う。

――と、いうわけで。

今からアクアを折檻してこようと思います――

▲月●日
カズ

我にチートを！

1

真っ白な部屋の中、俺は唐突に告げられた。

「佐藤和真さん、ようこそ死後の世界へ。あなたはつい先ほど、不幸にも亡くなりました。短い人生でしたが、あなたの生は終わってしまったのです」

そんな事を真面目な顔で言ってきたのは、いつになく女神オーラを放つアクア。

本当に、こうしていれば女神っぽいのに。

だが俺はこの後のクソみたいな展開を知っている。

今度こそ失敗しない。

そう、俺はこのろくでもない世界をやり直すのだ——！

ウィズ魔道具店で商品を物色していたアクアが言った。

「どれもこれもパッとしないわね。ねえヘンテコ悪魔、神様である私ですらあっと驚いてお金出したくなるような、そんな凄いアイテムは置いてないの？」

今日は特にやる事も無かったため、皆で冷やかしに来たのだが。

「貴様をあっと驚かせる物ならいくらでも出せるが、汝が持つはした金など知れているからな。我輩は今忙しいのだ。なにせ黒焦げ店主がやらかした赤字を埋めねばならん」

焦げて倒れ伏すウィズの隣で、石に向けて手をかざしながらバニルが言った。

バニルは先ほどから箱に入った石を取り出しては手をかざし、そして何かを施した石を棚に並べるという作業を行っている。

焦げたウィズをダクネスが介抱しているが、こんな光景はアクアにとって当たり前の日常なのか、特に触れる事もない。

「なあバニル、アクアがダメなら私はどうだ？　というか、付けると相手を隷属させるような物は無いのか？　悪魔ならそういった束縛系の魔道具を持っていそうだが。これでも貴族だ、金に糸目はつけないぞ」

「……少し、いや、かなり心が動かされるが、軽く見通してみたら汝にそんな物を売り付ければ良くない事態になると出た。というか貴様、最近その手の神器に接触したな？　とてつもない未練の悪感情が漂っているぞ」

と、ダクネスが残念そうにシュンとする中、

「ちょっと、お嬢様のダクネスと随分な差があるんじゃない？　私はお客様で神様よ？　そのおざなりな対応はなんなのよ。ちゃんと構わないならアクセルガイドマップのお店レ

ビューに、最低の店でしたって評価を付けるからね」

「ただでさえ客が少ないのにいらん事するな妨害女め！」

やがて、バニルの周りをチョロチョロしながら作業の邪魔をしていたアクアが、商品棚に置かれた石の一つを手に取った。

「なーに、コレ？」

「それは『邪悪なる力に染まりしブラッドストーン』だ。悪魔である我輩が力を込めた黒いオーラを放つ石であるな」

それをしげしげと見詰めるアクアの手には黒い靄を放つ石がある。

と、ポーションを物色していためぐみんが商品名を聞いて振り返った。

「なあ、それってどんな効果があるんだ？　呪いとか掛かってそうだけど」

バニルは次々と石に向かって手をかざしながら視線も向けずに答えてくる。

「ただ黒いオーラを放つだけの石ころである。特にこれといった効果も無いが、紅魔族がこいつを見れば名前とオーラだけで買うのではと思ってな。……コ、コラッ！　ネタ娘め、何をするか！」

「何をするかじゃありませんよ！　ゆんゆんに、何の効果も持たない『禁じられたクリムゾンブラッドストーン』とかいう石ころを売ったでしょう！　こないだ嬉々として渡してきましたよ！」

めぐみんが作業前の石が入った箱を奪い取ると、それらに興味を示したアクアが、手にしていた作業済みの石に力を込める。

「何だか邪悪な気配を感じるわね。私のくもりなき鑑定眼によれば何の効果も無いただの石だけど、念のために浄化するわね」

「商品を石ころに変えるのは止めるのだ浄化女め！　そんなに暇なら、コレをくれてやるからあっちへ行け！」

石に浄化を試みるアクアに向けて、バニルが迷惑そうに何かを放る。

それは本来この世界には無いはずのマッチ箱だった。

この世界での火起こし事情は火打ち石でカチカチやるのが基本だったはず。

だからこそ俺はオイルライターで荒稼ぎ出来たのだが……。

「あんた、こんな物で私を誤魔化せるとでも思ってるの？　このマッチは火遊びが好きなカズマさんにあげるわね。私にはもっと良い物ちょうだい」

「たわけが！　それは暇潰しにはもってこいの神器である。というのも、本来であれば『やり直し』という強力な力を持つアイテムなのだが……」

やり直し？

「そういえばコレに見覚えがあるわね。効果は一体何だったかしら」

俺はアクアから渡されたマッチ箱に視線を落とす。

一見すると何の変哲(へんてつ)もないマッチ箱だが、やり直しという言葉が酷(ひど)く気になる。

中を開けてみれば、そこにはマッチ棒が三本だけ残っていた。

「うむ、ソレは擦(こす)って火を付けるだけで過去の選択(せんたく)をやり直す事が出来るアイテムである。だが本来の持ち主以外が使うと、火が燃(も)え尽(つ)きると同時に記憶(きおく)以外が戻(もど)ってしまう。よって神器としての意味も効果も無いが、未練がましい過去の選択をやり直し、別の未来を覗(のぞ)き見る事が出来る物なのだ」

「ほーん。ちょっとだけ面白そうだし、確かに暇潰しにはなりそうね。カズマさんカズマさん、試してみるからそれ貸して」

——やり直し。

それはつまり、俺がこの世界に来た際に目の前の駄女神を選んだ過去を無かった事に出来るという事。

「待ってください、私もそのアイテムを試したいです。昔、このパーティーに入る前にとあるパーティーからお誘いを受けたのですよ。その人達は激戦区の王都で名を上げると言っていたのですが、もしあの時誘いに乗っていたら、我が名声は今頃どれだけ世界に広まっていたのか、と……」

そう言ってチラチラとこちらを見てドヤるめぐみんを、今からでも王都に郵送出来ないかと考える。

他所のパーティーになんて行かせない的な言葉を期待しているのだろうが、こいつらを見ているとやり直しという甘美な言葉がどんどん胸の奥に広がってきて……。

「それを言うなら私も気になっている事が……。もしあの時カズマに声を掛けなかったなら、今頃は別のパーティーに加入していたのだろうか、と。ほら、私は確かに攻撃自体は当たらないのだが、盾や囮としては優秀だろう？　継戦能力もあるし、火力が足りているパーティーなら案外需要があるのではと……ああっ、やめっ！」

私は皆と違って結構使えますよ、みたいな自己主張を始めたダクネスが二人に締められるのを眺めながら、俺は手の中のマッチ箱を握り締めた。

もちろん本当にやり直せるわけではなく、マッチの火が消えれば元に戻ってしまう事も承知の上だ。

でも――

「ちょっとカズマ、それ寄越しなさいよ。カズマさんをおちょくってここに連れて来られた過去をやり直すの。その場合、私がどんな暮らしをしていたのかが気になるわ。きっと昇神して天界での華やかな未来が待っていたでしょうから」

…………………そう。

この、人を舐めきった女神の代わりに、ちゃんとチート能力を手にしていたなら――

「でもその場合、私抜きで送り出されたカズマさんがぽっくり死にそうね。というか他の二人もどうなるか心配だわ。私が居ないと皆まとまりがないし、ちゃんと生きていけるかどうか……」

「昇神とか天界という言葉が気になりますが、それはこっちのセリフですよ。パーティーの火力担当である私がいなくば、皆今の名声を得る事は出来なかったでしょうね。今頃カエルを相手にちまちまとお小遣い稼ぎの毎日ですよ」

面倒臭い事を言い始めた二人に向けて、ダクネスがおずおずと手を挙げる。

「そ、それを言うなら私だって、ああああっ、どうして最後まで言わせて貰えないんだ！」

面倒臭い事を言う前に二人に締められ、ダクネスがちょっと嬉しげな悲鳴を上げた。

そんな姦しい三人に、何とも言えない気持ちで視線を向けると。

「カズマ？　ちょっとあんた、何しようとしてるのよ。マッチは三本しかないんだから、誰が使うか公平に……」

　俺は何ら迷う事なく、あの時あの場所を想い浮かべマッチ棒に火を付けた——


「「ああっ!!」」

2

「ボーッとしてどうされました？　まだ亡くなった実感が湧きませんか？」

　目の前のアクアがいつもの駄女神っぷりを隠しながらこちらを覗き込んでくる。

　確かこの時は助けた女の子の無事を確かめ、その後メチャクチャ煽られたのだ。

　ここは余計な事は言わず、とっととチートを貰って転生しよう。

「いえ、死んだ実感はあるので大丈夫です。それで、俺はこれからどうなるんですか？」

　もちろんこの後の事は知っているのだが、それを感じさせないように普通に答える。

　これからアクアによる転生特典などの説明があるはずだ。

　いや、その前に天国行きの話だとか、そういったのもあったか。

「亡くなったばかりだと言うのに落ち着いていますね。初めまして佐藤和真さん。私の名はアクア。日本において、若くして死んだ人間を導く女神よ。さて、あなたには現在、二つの選択肢があります」

真面目な顔で言いながら、なぜかアクアの頬が少しだけヒクついた。

「一つは人間として生まれ変わり、新たな人生を歩むか。そしてもう一つは……ふ、ふくっ……。も、もう一つは天国的な所でお爺ちゃんみたいな暮らしを……ふふっ、うふふっ」

頬のヒクつきが徐々に増し、アクアの様子がおかしくなる。

こいつひょっとしなくても笑いを堪えてるんじゃないだろうな。

そう、このバカは俺の死因を大いに笑い、その後舐め腐った態度に変わったのだ。

いくら今の俺が理性的な男だとしても、アクアには笑わないで頑張ってもらいたい。

「お、お爺ちゃ……プーッ！　あーはははははは！　あははははは、あはははははは！　もう無理、こんなの無理なんですけど！　この人あんな面白い死に方したクセに、なんで真面目な顔で聞いてるの？　あはははははははは！」

こ、コイツ……！

いや落ち着け佐藤和真、ここで切れたら元通りだ、ここはこのアホを大人な対応で見逃すのだ、もう一度人生をやり直すんだろう？

そうだ、後悔に満ちた借金生活を送りながら、夢にまで見た転生特典を——

「なんでこの人トラクターに耕されそうになってショック死してるの？　うけるんですけど、ちょーうけるんですけど！」

「すす、すいませんね、あんな面白い死に方で。それより、そろそろ続きを説明してもらってもいいですか？」

落ち着け俺、ここで報復したら意味が無い、頑張って過去を変えるんだ！

……と、俺がどうにか堪えていると、ケラケラ笑っていたアクアが言った。

「……ふう。そうね、ストレス発散はこの辺にしといてあげるわ。さて、佐藤和真さん。前世で大変面白い死に方をしたあなたには、先ほども言った通り二つの選択肢があります。天国で毎日の楽しみが日向ぼっこ、みたいな暮らしをするか。それとも、未知の異世界でロマンと冒険に満ちた日々を送るか。ちなみに私のお勧めはもちろん後者ね。なぜなら」

「じゃあそれで」

これ以上喋らせるとうっかり報復してしまいそうなので、最後まで言わせる事なく即答すると……なぜかアクアが胡乱な視線を向けてきた。

「ちょっと、ここが私の見せ場なんだからちゃんと最後まで言わせなさいよ。ていうか説明とか聞かなくていいの？　どんな世界なのか知りたくないの？」

「どうせ、魔王が暴れていて人類がピンチで、その援軍として俺達がチート能力を持たされて送り込まれるんだろ？」

俺が先回りして説明を端折るとアクアが何か言いたそうな顔で黙り込む。

だが仕事が減った事は喜ばしいのか、それ以上余計な事は口にせず、黙ってカタログみたいな物を手渡してきた。

コレだコレ、俺が何度も夢見てはアクアを選んだ事を後悔してきたが、本来俺にもたらされるチート能力！

嬉々としてカタログをめくっていると、それを横からアクアが覗き込む。

「悩んでるみたいだけど、その『時間停止』はお勧めしないわよ。どうせ時間を止めてえっちな事を……とか考えているんでしょうけど、貴方の魔力だと止められるのはほんの数秒ほどだから、色々やるには時間が足りないわ」

別に能力を悪用しようだなんて思っていなかったが、『時間停止』は止めておくか。

「あっ、そのページの『催眠能力』は人型の相手には通用しないからね？　モンスター相手には強力な力だけど、えっちな事には……」

「ちょっと気になったけど悪用しようだなんて思ってねーよ！　ていうかそんな欠陥能力を載せとくなよ、もっと使える力にしとけ！」

いちいち横でツッコむアクアがうるさい。

この二つに心を動かされたのは確かだけど、ここは無難に戦闘系の能力を……、

「ちょっと、女神様に対して生意気よ。無礼な態度を取ってると、持って行く力を『ゴブリン召喚』とかに固定するわよ」

「そんな力持たせやがったらここをゴブリンで埋めてやるからな」

怯んで黙り込むアクアをよそに、俺はカタログをめくっていく。

俺はこのお荷物女神は元より、爆裂魔法しか撃てない問題児や当たらないドM騎士も避けるつもりだ。

となると、ソロでもやっていける万能型の力が望ましいのだが……。

「よし、『魔剣レーヴァテイン』にするか」

確かマダラギはグラムとかいう魔剣を貰ってあそこまで強くなったはず。

少なくとも魔剣の類いにハズレはなさそうに思えるのだ。

「魔剣ねえ……。もやしっ子のあなたにそんなの本当に振り回せるの？」

「……なんかこう、持つだけで身体能力が上がる剣とか無いのか？」

不安になってきた俺が問うと、アクアはカタログをぺらぺらめくり、

「身体能力アップじゃないけど、この武器ならもやしっ子でも持てると思うわ」

そう言って真剣な顔で指してきたアイテムの名は『聖なる便所ブラシ』。

能力の説明欄には、女神アクアが使用したため神器と化したブラシとあった。

悪魔やアンデッドに特効を持っており、どんな頑固な汚れも落ちる聖なるブラシで……。

――なるほど、コイツはやり直した世界でもとことんまで俺を煽る気らしい。

「お前は本当に面白い女だな。ここまでコケにされたら俺にだって考えがあるぞ」

「プークスクス。どんな考えがあるって言うの？　まさか本当にゴブリン召喚を取ってここをゴブリン塗れにするつもり？　もしそうならちっとも悪い事したとは思ってないけど、一応ごめんねって言わせてもらうわ」

アクアがそんな謝罪とも煽りとも取れる言葉をのたまった。

「俺が異世界に持って行く『者』は……」

3

すっかり見慣れた石造りの街中を、馬車が音を立てながら進んでいく。

いきなり予定が狂ってしまったが、まずは冒険者ギルドに行くか。

「あ……ああ……あああ……………」

カタカタと震えるアクアをよそに、俺はギルドがある方へと歩いて行く。

手数料が必要だが、それについてはやり直し前の通り、コイツに何とかしてもらおう。

「ああああ………あああああ………ああああああああ！」

頭を抱えて喚くアクアに、俺はとっとと付いてこいとばかりに言ってやる。

「おい、この世界に来た以上はもうどうしようもないんだから、とっとと行くぞ。まずは冒険者ギルドで登録だ。その後は空いてる馬小屋を借してくれるように交渉する。今日はそこまで進めるぞ……うおっ！」

「あああああああああああああああああああーっ!!」

泣きながら摑みかかってきたアクアに対し、俺は頭を押さえ付けて抵抗する。

「止めろ！　ズボン下ろそうとすんな駄女神、嫌がらせが地味なんだよ！　っていうか、俺だってお前みたいなポンコツ連れて来たくなんて無かったんだぞ！　散々俺を煽りやがって、チート能力を返せコラ！」

「あんた女神様を無理矢理連れて来といてその言い草は何なのよ！　謝って！　私を連れて来た事と酷い事言ったのを謝って！　それで、今後は私を養って！」

俺はどうしてあの時耐える事が出来なかったのだろうと後悔するも、今の段階であればまだ修正は可能なはずだ。

「聞きなさいよクソニート！　あと、今度私を駄女神って呼んだら洗濯物が生臭くなる天罰を与えるからね！」

「本当に地味な嫌がらせだな！　いいから行くぞクソビッチ。既に予定は崩れたけれど、ここからは間違わないからな」

「誰がビッチよヒキニート！　私の事はアクア様って呼びなさいよ！」

「ならお前こそ人をニート呼ばわりするのは止めろ！　何がアクア様だ、この駄女神が！」

喚きながらも後をついてくるアクアをよそに、俺は冒険者ギルドに足を向けた――

「――よしアクア、まずはここで冒険者登録をして、その後寝床をゲットするぞ。そして明日はバイトをする」

「冒険者になってなぜバイトなのか分からないけど、あんた随分手際がいいわね。迷いもせず冒険者ギルドに来たし、ただのヒキニートだと思ってたけど案外有能なのね」

アクアが感心したように言ってくるが二周目なのだから当然だ。

コイツが煽ってくるせいで出鼻を挫かれたが、今度こそ上手くやろう。

俺は冒険者ギルド内を見回すと、ある人物を探し出した。

「アクア、あそこにいるプリーストの人に小遣いをねだってくれないか」

「あんたいきなり何言い出すのよ。女神の私に物乞いしろって言うの？」

俺が指したのは、以前俺達に登録手数料を貸してくれたプリースト。

ここは前回の通りになぞるのだ。

「冒険者登録には手数料が要るんだよ。お前、金なんて持ってないだろ？　そこでプリーストの人にお金を借りる作戦だ。今こそ女神の威光を見せるんだ」

「どうしてそんな事まで知ってるのか分からないけど、分かったわ。女神の威光ってところが気に入ったしね」

俺が細かく知っている事に疑問を持ちながらも、元々深く考えないアクアはウキウキでプリーストの下へ向かう。

「そこのプリーストよ、宗派を言いなさい！　私はアクア。そう、アクシズ教団の崇めるご神体、女神アクアよ！　汝、もし私の信者ならば……！　登録手数料を貸してくれると助かります」

「……エリス教徒なんですが」

「あ、そうでしたか、すいません……」

いつかと同じ会話を交わしながらアクアがトボトボと帰ろうとする。

その後の流れも前回の通りに進み、無事に手数料をゲットした。

「よし、後は冒険者登録だな」

「待ちなさいなヒモニート。言われた通りにしたら確かにお金は貰えたけど、代わりに大切な何かを失ったわ。私が借りてきたお金なんだからちゃんとお礼を言ってちょうだい」

それもそうだなと思い直し、俺はプリーストにきちんとお礼を伝えに行く。

「よし、今度こそ登録だ」

「私にお礼を言いなさいって言ってんのよスカポンニート！」

騒ぐアクアをそのままに、見慣れた受付お姉さんの下に行く。

「冒険者登録を行いに来ました。あっ、諸々の説明は大丈夫です。ちなみに俺の職業は冒険者でお願いします」

「えっ？　……え、ええっと、説明しなくていいんですか？　あと、冒険者というのはとても弱い職業ですが……」

困惑気味のお姉さんが置いた冒険者カードに、俺は片手を差し出した。

「俺のステータスだと冒険者ぐらいしか選べないと思うんで。ほら、アクアもカードに触れて登録しろよ。職業はアークプリーストで頼む」

「あ、あの、アークプリーストって……」

「あんた本当にぽんぽん話を進めていくわね。まあ、女神である私ならアークプリーストぐらいなれるでしょうけど」

俺達がカードに手を置くと、こちらも以前と似たような展開になる。

無事に職業を得た俺とアクアは、受付のお姉さんやスタッフに期待の目で見送られ。

再びこの世界において、冒険者の道を歩き出した――！

4

無事に馬小屋の片隅を借してもらえるようになった俺とアクアは、馬糞の付いてない良い感じの藁を集めて寝床を作り、その上で今後について相談していた。

「いいかアクア、俺達には金が無い。それどころか装備も無い。そこで、まずはバイトして最低限の金を得る。その金で武器を買ったら街の外でレベル上げだ」

藁の上であぐらをかいたアクアがふんふんと頷く中、俺は過去を思い返しながら、

「レベルを上げてスキルポイントが得られたら、俺が鍛冶スキルを覚えて商品開発をする。これで手っ取り早く大金稼ぐぞ」

「なるほど、先立つ物は大切だものね。それで、その後魔王はどうやって倒すの？」

魔王なんて知った事ではないけれど、そういえばこの頃のアクアは一応魔王打倒を目指していたな。

まあコイツもこの世界の過酷さを知った上で大金が得られれば、今まで通りニート生活に馴染むだろう。

「あまり先の事まで考えても仕方が無い。魔王の事は生活基盤を整えてからでいいだろ？」

「そうね、まずはここから出る事を考えましょう。……にしてもあんた、現代っ子のくせによく馬小屋で寝るのに抵抗無いわね」

アクアが意外そうに言ってくるがやり直した俺に隙は無い。

屋敷の次に長くお世話になった馬小屋は、いわば俺にとって第二の実家だ。

これから起きる魔王軍幹部ベルディア戦やデストロイヤー来襲についてだが、コレに関しても考えがある。

まずベルディア戦だが、コイツは拠点である古城に手を出さなければ、しばらく経てば魔王の下に帰るだろう。

デストロイヤーについては来襲する前に引っ越す案も浮かんだが却下した。

この街には行き付けの例の店……ではなく、世話になったたくさんの知人や友人達がいるのだ、冒険者として彼らを見捨てるわけにはいかない。

アクセルに来る日時もルートも分かっているのだから、一時的にウィズやめぐみんを雇い入れ、街に近付く前に脚を破壊してやればいい。

動力源のコロナタイトが暴走し爆発するだろうが、それも街から離れていれば問題ない。

——完璧だ！

これにより街も守られ、俺が借金を背負う事もない！

「よし、早速バイトに出掛けるぞ。そして屋敷を手に入れる！」

もう理不尽な借金生活とはおさらばだ。

拳を握りながらの宣言に、アクアが目を輝かせる。

「屋敷だなんて大きく出たわね。いいわ、私の力を見せてあげるわ！　これでも接客業や営業には自信があるの！」

力強いアクアの宣言に、俺はこれから起こる事を思い返した——

【やり直し二日目】

「いいかアクア、土木現場でのバイトは最後の手段だ。親方はいい人だが仕事自体は一番キツい。まずは酒場でアルバイトだ」

「どうしてピンポイントで土木現場が出てくるのか分からないけど、分かったわ。酒場なら私の超凄い特技が役に立つわね。ジョッキを二十九杯まとめて運べるの！」

何それ凄……いやいや、どれだけ凄くともアクアに酒を運ばせるのはダメだ。

前回も酒場でバイトをしたのだが、コイツは運んでいた酒を次々に水に変え、結果クビになっていた覚えがある。

「酒を運ぶのは俺がやるからアクアは皿洗いをやってくれ。お前なら畑からサンマ取ってこいって言われても切れないだろうけど、念のためだ」

「サンマ取ってくるぐらいで切れる方がおかしいと思うんですけど」

前回はこの世界ではサンマが畑で獲れるという頭の悪い常識を知らず、酒場の店主に切れてしまったが、今日は違う。

俺は今度こそ間違えない。

これが短い間の仮初めのものだとしても、真っ当な異世界生活を送るのだ——

「——だからネロイドって何なんだよ！　そんなもん捕まえてこいって言われても一体どこに居るんだよ！　バカにしやがって、こんなバイトやってられるか！」

「お前ネロイドも知らないなんて、今までどんな生き方をしてきたんだよ！　あんなもん子供でも捕まえられるだろうが！」

酒場で働き始めて一時間後。

店主から理不尽な指示を受けた俺は前回同様切れ散らかしていた。

「じゃあ、もう一度ネロイドってヤツの特徴を言ってくれよ」

「姿形は不定形で路地裏や暗がりによく居るヤツだ。にゃーと鳴くから、声を辿れば大概居る。ちなみに飲むとシャワシャワする」

「舐めんな」

と、俺とやり合っていた酒場の店主が、ふと厨房に目をやり声を上げた。

「おい新入り、お前一体何やってんだ！　食器洗剤はどこやった！」

店主の視線は厨房で皿洗いをしていたアクアに向けられており……、

「ち、ちがうの！　洗剤はうっかり触れたら水になったわ！　でも聞いて、水の女神である私がお皿を洗えば、ただの水洗いでもピカピカに……！」

「サンマの次はネロイドかよ！　この世界の生物は本当にどうなってんだ、地球人を舐めんじゃねーぞ！」

「うるせーっ！　二人してわけ分かんない事ばかり言いやがって、二人ともクビだクビ！」

クビを言い渡されたアクアが大泣きする中、俺は店主に摑みかかった——！

【やり直し三日目】

バイトが決まった八百屋の前で、俺はアクアに何度目かになる注意を行っていた。

「いいかアクア、今日の仕事は営業だ。こいつは絶対外せない。これをクビになったら土木工事のバイトになるからな」

「営業なんて楽勝よ。これでもバナナの叩き売りには自信があるの」

前回ではアクアの言葉をまるっと信じてバナナの営業を任せたのだが、コイツは謎の手品でバナナを消し去ってしまったのだ。

「バナナを売る際に商品を消し去る芸は使うなよ。それをやったらクビになる」

「どうして私の得意技を知ってるの？　バナナをナノサイズにまで小さくする芸もあるけど、こっちは使っちゃダメかしら」

コイツの多岐に渡る芸は一度ジックリ見てみたいが、もちろん今回は禁止にした。

と、アクアが一房のバナナを手に取り声を張る。

「いらさいいらさい！　さあ今なら、川で捕まえてきたばかりの新鮮なバナナがなんと三百エリス！　三百エリスですよどうですか！」

「どうですか！」

前回ではツッコミどころ満載だったが、今回は川で捕まえたバナナにも動じない。

俺はアクアの口上に追従して大きな声を張り上げていた。

「……ん？」

と、ふとこちらに視線を向ける見覚えのあるヤツに気が付き、俺は全力で目を逸らす。

「さあ、今ならたったの三百エリス！　二房なら倍の……どうしたのよカズマ、ちゃんとお仕事しなさいな。これからが良いとこなんだから」

俺達をどこか冷めた目で見ていたのはめぐみんだった。

「なーに、あの子が気になるの？　……あら、あの紅い目は……」

「止めろ、目を合わせるんじゃない絡まれるぞ！　いいか、アイツには絶対関わるなよ！」

というか、アイツとはいつの間にかすれ違っていたのか。

と、めぐみんに気を取られている場合じゃなかった。

「よし、ここは俺の力を見せてやる。さあお客さん方、今からじゃんけん大会だ！　ここにある大量のバナナだが、俺とのじゃんけん勝負に勝てばもれなくタダで貰えるよ！」

「ちょっとカズマ、そんな約束していいの!?」

前回ではアクアを信じた結果、コイツが謎の芸でバナナを消し去り商品を失った事でクビになった。

今回は特技を活かし、俺が主導となって金を稼ぐのだ。

「ここは俺に任せとけ、なんせじゃんけんに負けた事ないからな」

「あんた生まれながらの特殊能力持ちだったの？　そういうのは早く言っておきなさいよ。もし私との賭け事でその力を使われていたら、きっと泣き喚いて抗議したわ」

実際に泣き喚いて抗議された身としては何とも言えない気持ちになる。

「じゃんけんに勝ったらタダって本当？」

「面白そうだな、どうせ負けても三百エリスだ、試してみるか」

いつの間にか集まっていた野次馬達に、俺はここぞとばかりにアピールする。

「もちろん嘘は言いません！　俺に勝てばお代はタダ！　何ならバナナ以外の商品だろうといくらでも受けて立ちますよ！」

「おい兄ちゃん、強気だな！　いいぜ、ならこっちのリンゴで勝負だ！」

「私はこっちの玉ねぎよ！　バナナも一房勝負するわ！」

集まってくるお客の姿に最初は顔を強ばらせていた店主だが、俺がじゃんけんで連勝する毎に表情が緩んでいった。

バナナを始めとした商品が飛ぶように売れる中、ほくほく顔の店主が言った。

「最初は心配したがやるじゃないか、バイト料は弾むからな！」

「こういう事なら任せてください、明日も沢山売りますんで！」

これだ、こういうのが正しい異世界生活なのだ。

そもそも土木現場でバイトして装備代を稼がなければならないのがおかしいのだ。

冒険者ギルドでは受付のお姉さんに商人をお勧めされたが、今回は本気で商売で成り上がるのも良いかもしれない――


「へえ、面白そうな事やってるね」


背後から聞こえた覚えのあるその声に、俺はビクリと体を震わせた。

「あら、あなたもじゃんけん勝負に参加してみる？　現在負けなしのカズマさんに勝てば、どんな商品でもお代はタダ！　さあ、幸運値が高いならやらなきゃ損よ！」

「あっ、言ったね！　あたし、幸運値なら誰にも負けない自信があるんだ！」

やめろ、その勝負を受けるんじゃない。

俺はアクアを止めるため、恐る恐る振り返ると……。

「じゃあ、賭けの商品は……。あっ！　店の奥に松茸が隠してあるじゃん！　それに、隅っこにあるのはマスクメロンだよね！」

そこに居たのはクリスだった。

万が一の事も考えて、俺が念のためにと隠しておいた高級食材がアッサリ見付かる。

「すいませんねお客さん、実はそろそろ店仕舞いしようと思ってまして」

「ちょっとカズマ、何バカな事言ってるの！　松茸とマスクメロンが売れたならバイト料だって爆上がりよ！　盗賊の人もまさか今さら降りないわよね!?」

やめろ、本当にやめろ、タダでさえ分が悪いのに負けフラグまで立ててるんじゃない！

「もちろん降りるわけないじゃない！　そっちのお姉さんはプリースト？　何なら、ブレッシングの魔法を使ってもいいからね！」

そう言って不敵に笑うクリスだが今の傲った発言は命取りだ。

相手は幸運の女神の中の人だが、俺の運だって負けたもんじゃないはずだ。

「アクア、ブレッシングの魔法を頼む」

「えっ？　ちょっとカズマ、本気なの？　さすがにズルいと思うんですけど」

前回俺とのじゃんけん勝負でブレッシングを使ったアクアが引いた。

……これはやり直しの物語。

クリスには前回、じゃんけんで負けたけど……。

「いいよ、魔法でも何でも使って！　だってあたし、じゃんけんで負けた事ないからね！」

俺は気合いを入れて拳を握り、雪辱戦へ挑む勇気を振り絞る。

俺はアクアの祝福の魔法を身に受けながら、クリスに不敵な笑みを向け。

「俺も、じゃんけんに負けた事ねーから」

あのろくでもない生活から脱却するため、勝負に勝つべく拳を上げた——！


——今日はバイトの最終日。

仕事を終えた俺達は、親方から貰った給料を手に武器屋へと向かっていた。

「よし、土木工事のバイトでようやく目標の金が貯まったな。これで最低限の装備を手に入れてレベルを上げるぞ」

「工事のバイトにもちょっと後ろ髪引かれるけど、このままじゃ魔王を倒して帰れないものね。いよいよ私達の冒険の旅が始まるのね！」

俺はそんな旅が始まらない事を知っているが、今日は記念すべき運命の分かれ道だ、そんな無粋は口にしないのが利口だろう。

クリスにじゃんけんで負け八百屋をクビになった俺達は、最終手段として土木現場でのバイトに頼った。

今のところ前回と似たようなルートを歩んでいるが、まだ取り返しはつくはずだ。

「いいかアクア。明日はまず装備を揃えて、アクセル周辺に棲息するジャイアントトードでレベルを上げるぞ。今の俺達じゃ二匹以上は相手に出来ない、恐るべき強敵だ。絶対に油断するなよ」

今の俺は１レベルとタダでさえ弱いのに、二人で二匹以上が相手では結果は見えてる。

今日は前回の流れをきちんとなぞり、本格的なやり直しのスタートは明日以降だ。

「あらあらカズマったら、あんな相手に一体何を怯えているの？　世界の常識を知らないアンポンタンなあなたに教えてあげるわ。ジャイアントトードっていうのはね、この駆け出しの街で人気の最弱モンスターなの。アレを相手に手こずるようじゃ、魔王退治なんてとても無理だからね？」

「その最弱のモンスターは特にお前の天敵だからな？　カエルには打撃が効かない事を覚えておけよ。あと、他のカエルを呼び寄せるから無駄に逃げ回るなよ？」

と、そんな俺の忠告に耳も貸さず、アクアがプークスクスと小馬鹿にした笑いを零す。

まあコイツはやけにカエルに好かれる習性があるし、立派に囮を果たせるだろう。

ソロのカエルのみを狙い、まずはレベルを上げるのだ。

そして、まず覚えるのは鍛冶スキル。

その後はどうにかしてウィズと出会い——

5

ギルドでカエルの唐揚げを頬張りながら、湯上がりでしっとりしたアクアが言った。

「アレね。二人じゃ無理だわ。仲間を募集しましょう！」

前回と同じように平原へと繰り出した俺達は、前回と同じ展開を辿ってギルドに帰った。

別に狙って同じ展開にしたわけではない。

あれだけ色々注意したのに、アクアは前回と同じように調子に乗って、打撃が効かないという助言も忘れカエルに呑まれた。

俺はコイツの知力と運の低さをまだ甘く見ていたらしい。

今日の成果はカエルが二匹。

稼ぎは小遣い程度だが、経験値が入ったおかげでレベルが二つも上がっていた。

「いや、仲間は募集しない。目標の鍛冶スキルはスキルポイントが３もあれば習得出来る。となれば、あと一匹カエルを倒せば達成だ」

「ちょっと待ちなさいな、それってまた私にカエルの囮をやれって事？」

俺の完璧なスケジュールにアクアが待ったをかけてきた。

「そうだよ？」

「嫌よ！　もうカエルに呑まれるのは嫌！　カズマは知らないだろうけど、カエルの中は生臭いし温いしぬちょぬちょなのよ⁉　女神を囮にするなんて、あんた罰が当たるわよ！」

面倒臭い事を言い出したアクアにカエルの唐揚げを分けて黙らせると、俺はあらためて前回の流れを思い出す。

確かこの後は、明日募集の貼り紙を出して、それにめぐみんが釣られて来たのだ。

ここで選択を間違えれば今後の人生に大きく関わる。

アクアのやらかしも相当だが、アイツが原因のやらかしも四割近くを占めているのだ。

めぐみんをパーティーに加入させた事で連鎖的にダクネスも入ったのだから、ここで加入を阻止すれば今後の流れが大きく変わる！

「ほら、唐揚げもう一つ分けてやるから、あと一回だけ囮になってくれよ。ちょっとカエルに呑まれてくれるだけで良いんだって。その後はいくらでも酒を飲ませてやるからさ」

「あんた、お酒と唐揚げさえ与えておけばどうにかなると思ってない？　何だか私の扱いに慣れてる感じが腹立つんですけど」

と、アクアが胡乱な視線を向けながら、俺の皿から唐揚げを奪ったその時だった。

「すまない。ちょっといいだろうか……？」

「よくないです」

突然隣に座ってきたソイツに向けて、俺はノータイムで拒絶する。

「ん、んん……っ！　いきなり初対面で声を掛けたのだから、警戒するのは理解出来る。まずは挨拶をさせてもらえないだろうか？」

「結構です」

更にノータイムで拒絶すると、隣に座ってきた変態が頰を赤くしながらブルッと震える。

そう、まだ募集の貼り紙も出していないのにナンパしてきたのはダクネスだった。

「いや、そう言わずに。先ほど囮という単語と共に、カエルに呑まれてくれるだけで……という聞き捨てならない言葉が聞こえてな」

コイツ普段はポンコツ騎士なくせに、なんでこんな時だけ耳聡いんだ。

落ち着けまだ慌てる時じゃない、今なら普通に断れるはず。

「ええと、ウチのパーティーは」

「聞いて！　この男ってばとっても酷いの！　今日はか弱い私を守り切れずカエルの餌にした挙げ句、明日も囮をやれって無茶ぶりするの！」

「な、何だと!?」

やめろ今だけはそういう事を言うんじゃないもう一つ唐揚げやるから！

「なあアクア、今日はカエルを倒した金が入ったんだ。初クエスト記念って事で、一杯だけなら飲んでもいいよな？」

「カズマってば何言ってるの？　一杯だけだなんて飲んだウチに入らないでしょう。ここはもっとクピクピいくわよ！」

　酒を餌にしてアクアの注意を逸らす事に成功した。

　予定外の出費になるが仕方がない、ダクネス加入の回避代だと思えばまだ……、

「よし、ならここの会計は私が持とう。その代わりと言っては何だが、私の話を聞いてもらえないだろうか？」

「本当!?　いいわ、くっころみたいな人！　お酒を飲ませてくれるなら、愚痴でも何でも聞いてあげるわよ！」

　ここに来てのアクアの裏切りに、いよいよ進退窮まった事を知る。

「そ、そうか！　いや、実は……。あなた達のパーティーは二人きりなのか？　先ほどの話の流れを聞くに、カエルに苦戦させられたのだろう？」

「ええ、そうよ。あの女神の力さえ無効化する、恐ろしくも邪悪なカエルにね。それで、

仲間を募集しましょうって提案したんだけどシャイなカズマさんが嫌がるの。これも人見知りの激しいヒキニートの弊害ね」

誰がヒキニートだ、俺は会話が出来る上級ニートだ、いや違う。

落ち着くんだ佐藤和真、冷静になって考えろ。

「そう、それだ！　私の名はダクネス。職業はクルセイダーだ。アクセルの街を拠点とし、冒険者活動を行っている」

ダクネスは俺達のパーティーにおいて平常時は一番マトモだ。

というか、性癖さえ絡まなければ唯一常識的な会話が可能なヤツである。

「聞けばカエルの囮が必要だとか。なら、守る事を得意とするクルセイダーの出番だと思うのだが……。どうだろう、私をパーティーに加えてはもらえないだろうか？」

となれば一時的に組んだとしても、鍛冶スキルを覚えたら、俺は冒険者を辞めて商人になるからと説得しパーティーを解散する事だって……。

「話は聞かせてもらいました」

……俺の幸運値が高いというのは絶対何かの間違いだろ。

ダクネスに返事をする前に、よりによってめぐみんが絡んできた。

何でお前まで来るんだよ、前回は明日の募集の貼り紙で加入する流れだったろ！

「我が名はめぐみん！　アークウィザードを生業とし、最強の攻撃魔法、爆裂魔法を操る者……！」

「それは凄い！　その紅い瞳は紅魔族だな！　爆裂魔法が使えるだなんて、なんて頼もしいんだめぐみんさん！　他には⁉　他にはどんな魔法が使えるんだ⁉」

めぐみんに最後まで言わせる前に俺は先手を打って捲し立てた。

お前のスキル構成は熟知してるんだ、ここで流されて堪るかよ！

「……し、真の仲間以外に手の内を明かすのは愚か者の行いです。お互い自己紹介もまだなのに、少々がっつきすぎではないでしょうか」

目を泳がせながらのめぐみんの言葉に、アクアとダクネスが『なるほど、コイツ出来るな……』みたいな顔で深く頷く。

普段は爆裂魔法の事にしか脳みそ使わないくせに、こんな時だけ頭を使いやがって。

「カズマさんカズマさん、上級職のクルセイダーとアークウィザードが釣れたわよ！　この二人を逃がすのはあり得ないわ！」

今の状況の方があり得ないし、俺はまだ諦めていない。

というか、ダクネスはともかくとしてなぜめぐみんまでもが釣れたんだ、この流れはおかしいだろう。

だって、今までの会話の中でコイツの琴線に響く言葉は無いはずで……、

「ところで先ほど、このクルセイダーのお姉さんが会計を持ってくれると聞こえたのですが。図々しいお願いなのですが、実はもう二日も何も食べていないのです。できれば、私にも何か食べさせてはくれませんか……？」

くそったれ――！

「――ハッ！」

気が付けばウィズの魔道具店だった。

右手の指先に熱を感じて見てみれば、そこには燃え尽きたマッチがある。

「あっ！　ちょっとズルニート、あんたよくも抜け駆けでマッチ使ってくれたわね！　三本しか無かったのに、あんたが使ったせいで足りないじゃないの！」

「そうですよ、おかげで誰が使うかでボードゲームでバトル中です。既に一本使ったカズマは審判役を務めてください」

意識を取り戻した事に気付いたのか、ボードゲームを囲んでいた二人が抗議してきた。

「むむむ……。ここに移動すればテレポートで逃げられるし、かといってアークウィザードを無視するのも厄介で……」

熟考中のダクネスが一人盤面を睨んで悩む中、俺はアクアの肩を掴んだ。

「お前ってヤツはどうして俺を煽るんだ！　そしてめぐみんはどうしてそんなに貧乏なんだ！　頼むからもうちょっと頑張って生きてくれよ！」

「帰ってくるなり何で怒られなきゃいけないのよ説教ニート！　別世界の私の事で、どうして私に文句を言うのよ！」

「そうですよ、私が貧乏な事で何か迷惑をかけましたか？　我こそは誇り高き紅魔族、家計のめぐみん！　このパーティーの家計簿は誰が付けていると思っているのですか、いつもありがとうとお礼を言ってください！」

俺は頭を抱えながらもめぐみんに感謝を捧げる。

「そうだな、いつもありがとうございます！　安い食材買ってやりくりしてて、それに関しては本当に感謝してるよ！　でも違うんだよ、やり直したのにやり直しが出来なかったんだ！」

「うーん、ここにクルセイダーを置くとアークウィザードの射程範囲に入ってしまう……。めぐみんは本当にアークウィザードの使い方が嫌らしいぞ……」

俺は一人蚊帳の外にいるダクネスに近付くと、

「エクスプロージョンー！」

「あああああっ!?　カズマ、いきなり何をするんだ！　お前は参加者じゃないんだからエクスプロージョンルールは使えないぞ！」

盤面をひっくり返した俺に向けダクネスが食って掛かってくる。

「うるせえよこのお嬢様が！　初対面の俺達なのに、気安く奢ってくれてありがとう！」

「ええ!?　ど、どういたしまして……!?」

クソッ、せっかくのやり直しが今と変わらないとかおかしいだろう。

俺は手の中のマッチ箱に視線を落とす。

「ダクネスは対戦放棄とみなして、マッチ使用権は私とアクアで決まりですね。思考ターン中のプレイヤーは盤面を守り抜くのがルールですから」

「ま、待て、そんなルールは知らないぞ！　それが本当だと言うのなら、ちゃんとルールブックに書いてあるはずで……」

「あら、ルールブックには書いてあるわね。……なんだか、めぐみんの字に似てるけど」

俺はマッチを一本取り出すと、迷う事無く火を付けた。

「「「また！」」」

6

真っ白な部屋の中、俺は唐突に告げられた。

「佐藤和真さん、ようこそ死後の世界へ。あなたはつい先ほど、不幸にも亡くなりました。短い人生でしたが、あなたの生は終わってしまったのです」

そんな事を真面目な顔で言ってきたアクアに向けて、俺は先手を打って口を開いた。

「なるほど、理解しました女神様。前世ではゲームや漫画、あと異世界物のライトノベルも読みましたからね。どうせこの後の流れといえば、チート能力を貰って魔王を倒せって言われるんでしょう？」

この先の流れを口にするとアクアがポカンと口を開けた。

しばらく固まったアクアは俺に訝しげな視線を向けながら。

「やけに物分かりがいい人がやって来たわね。確かにそんな感じの流れだけど、どうしてまだ名乗ってもいないのに私が女神だって分かったの？」

そんなアクアの疑問に対し、俺は深い自己暗示を何度もかけた。

「そんなの一目見れば分かりますよ。貴方みたいな美しい方がただの人間のはずがないでしょう？　人外の美貌って言うんですかね？　貴方が女神様じゃなきゃ何なんだってね」

歯の浮くような自分の言葉に、アレは女神だという自己暗示で何とか耐える。

そう、大人しくしていれば見てくれだけは女神なのだ。

コイツを持ち上げるだけ持ち上げて、俺を煽るのを止めさせるのだ。

下手に出るのは癪ではあるが、いかに鋼の忍耐力を持つ俺でも、コイツに本気で煽られたら我慢出来るか分からない。

ここは思ってもいない事をでっち上げ、口先でアクアをちょろまかすのだ——！

「……その、ごめんなさいね？」

………？

「ごめんなさいね？　えっと、どういう意味ですか女神様？」

いや、というかなぜここで謝る流れに？

説明も省かれた事で楽が出来たのだから、ここはとっととチートを渡すところだろう。

「あのね……？　確かに私は美しくて可憐で麗しい水の女神だけど、人間のあなたの事は異性として見れないの」

「……は？」

予想外のアクアの言葉に思わず素で声が出た。

「つまりはごめんなさいって事よ。たまにいるのよ、私を見てのぼせ上がっちゃう転生者が。この間もマルルギとかいう男の子が、私を見て目をキラキラさせていたのを覚えているわ。それに……」

脳の働きが追い付かない俺に向け、アクアが椅子にのけ反り笑い出す。

「そ、それに……！　あはははははは！　あんたみたいな面白死したオタニートが、女神である私に惚れようだなんておこがましいわよ！　あはははははは！　あはははははは！　プークスクス！　ちょーうけるんですけどー!!」

…………………。

「――うっ、うっ……。攫われた……。私の美しさの虜になったヨゴレニートに、異世界に連れ攫われた……」

俺の鋼の忍耐力は十秒も持たなかった。

ひとしきり泣きじゃくったアクアをよそに、俺は辺りを見回した。

前回では予想外の場面でダクネスが現れたし、めぐみんなんかはバナナの叩き売りのバイト時にもニアミスしている。

今回はあいつらが居そうな場所自体を避けるのだ。

そうすれば、今度こそ未来を変えられ……ッ!?

──俺達のそばを通る馬車の中から、気怠げにこちらを眺めるめぐみんと目が合った。

「うっそだろお前、こんな早くからエンカウントしてやがったのか」

「エンカウント？　あんたいきなり何言ってるのよ」

一瞬だけ目が合うも、つまらなそうに俺達から目を逸らしためぐみんに、なぜだかちょっとモヤッとする。

そういえばめぐみんは、この街に来てからどこのパーティーにも入れてもらえず、餓えていたところで俺達のパーティーに引き寄せられたんだったな。

なら、街に来たばかりの現時点では魔法使いのエリート集団として、根拠のない自信に溢れているのだろう。

アイツはこれから数多の野良パーティーに参加して、多くの挫折を味わう事に……って、いや待てよ？

「おいアクア、俺に良い考えが浮かんだ」

「いきなり呼び捨てだなんて気安いわね。惚れた相手と距離を縮めたいのは分かるけど、順序ってものを守りなさいな。まず最初はアクア様。段階を踏んでアクアさんよ」

膨れ面で立ち上がったアクアに向けて俺は望みを叶えてやった。

「分かったよ駄女神様。段階を踏んで駄女神さんって呼んでやる」

「こうして異世界にやって来た仲じゃない、私の事はアクアでいいわ」

早速距離が縮まったアクアと共に俺はギルドに歩みを進めながら考える。

そもそも俺に必要なのは鍛冶スキルを得るためのレベル上げだ。

なら、わざわざバイトで装備代を貯める必要は無いんじゃないか？

そう、これからめぐみんが加入するのは野良パーティー。

それに倣い、俺達も野良パーティーに加入してレベルアップを手伝って貰うのだ。

もちろん普通に考えればそんな都合の良い話には誰も乗らないだろう。

だが、駆け出し冒険者のレベル上げクエストとして依頼を出せば？

「マジか……。おい喜べアクア！　すぐ借金を作ってくるごく潰しな上に酒飲みニートと化すお前が、初めて役立つ時が来た！」

「ちょっと何を言っているのか分かんないけど、会ったばかりのニートに喧嘩売られてる事だけは分かったわ。女神の拳は痛いわよ、あんたそこに直りなさいな」

コイツが地雷である事は今の段階ならバレてない。

将来俺と仲良くなる予定の飲み友達の中には、金さえ払えばレベル上げを手伝ってくれそうなヤツが何人もいる。

そして肝心の依頼の金だが……ッ⁉

そうだ、金を払う必要すら無いかもしれない！

アクアの使う強力な回復魔法は体の欠損まで完璧に癒やせるのだが、本来の流れでは、その日の飲み代に困ったアクアがとある冒険者の古傷を勝手に癒やし、飲み代をたかったという事があった。

その冒険者は長年動かなかった膝が治った事で、その後アクアにメチャクチャ感謝してアクシズ教に改宗したのだが……。

本来であればアクアがその冒険者を治すのはこれから半年ほど後の事だけど、わざわざそれまで待つ必要もない。

膝が早く治るなら相手も嬉しいし俺達も助かる、いける、これならいけ……、

「痛いっ⁉　いきなり何すんだクソ駄女神が！　この良案が思い付いてなかったら天界に送り返してるところだぞ！」

「?!??!!?!　あれだけ喧嘩を売られた私がどうして罵倒されてるの⁉」

突然腹パンを食らわせてきた暴力女神を引き連れて、俺はあらためてギルドに向かった。

――今までの流れをなぞり、無事に冒険者カードを手に入れた俺とアクアは。

「アクア、あそこに居るおじさんだ。ああして平然と座ってるけど、昔、膝に矢を受けた古傷のせいで足があまり動かないらしい」

「……ねえ、この世界に来たばっかりなのにどうしてそんな事知ってるの？　冒険者ギルドの場所まで知ってたし、あんた何かおかしくない？」

コイツ普段は察しが悪いくせに、本当に余計な時だけ鋭いな。

「俺ぐらいのゲーマーにもなるとギルドの場所ぐらい分かるさ。ゲームの街のマップなんて大体どれも似通ってるだろ？　そしてなぜ古傷を負っている事が分かるのかといえば、あれだけのベテラン感がありながら駆け出しの街に居るのがその理由だ」

「なるほど、さすがヒキニートなゲームオタクなだけあって、こういう事に関しては鋭いのね。いいわ、古傷を治す代わりにあんたのレベル上げを手伝ってもらうのね？　怪我を癒やすのは女神っぽいし、悪くない案だわ！」

俺が指し示したおじさんの下へアクアがひょこひょこと近付いて行く。

酒を飲んでいたおじさんは、近付いてきたアクアに何事かと顔を上げ……、

「汝、魔王軍との戦いで膝に矢を受け、高レベル冒険者でありながらアクセルの街でくすぶる者よ。水の女神であるこの私が、あなたの傷を癒やしましょう……！」

「えっ。いえ、何か怪しいので結構です」

………。

「ちょっと、治してあげるって言ってるんだから素直に足を見せなさいよ！　そして私を崇めるの！　ついでにアクシズ教に改宗なさい！」

「やっぱり怪しさ満載じゃないか！　どうして膝の事を知ってるのかは分からないが、宗教の勧誘なら間に合ってるよ！」

おじさんにシッシと追い払われて、アクアがとぼとぼと帰ってきた。

「治療を断られたんですけど」

「アクシズ教の臭いを出し過ぎなんだよ。良い考えだと思ったんだが……」

やはりそう楽は出来ないって事なのか。

仕方ない、装備を調えるまでは素直にバイトに精を出すか……。

「よし、それじゃ明日からは土木工事のバイトをするぞ」

「話が飛びすぎて分からないわ！　まずは土木工事の理由を教えてちょうだい！」

7

それからしばらくの日数が経った。

土木作業も板に付き、既に親方からは正社員にならないかと誘われている。
まあ、あのバイトに関して言えば何度もやり直しているのでベテランだ。
おかげで給料にも色を付けてもらい、今までより装備を揃える日数が早く済んだ。

「レベルが1の俺の場合、カエルを三匹倒せば鍛冶スキルを覚えられる。なので、今日中にノルマを達成するぞ」

「カエルって、この街で一番狩られてる雑魚モンスターよね？　この私がいるんだもの、三匹と言わずもっとバンバン倒しましょうよ」

本来であれば、俺達はカエルを二匹倒した時点で諦め、街に帰っていた。
だがここは、多少無理をしてでもレベルを一気に4まで上げる。
いつもの平原にやって来た俺とアクアは、カエルを探して歩き出し……。

――もうすっかり見慣れてしまった、凄まじい爆発を目の当たりにした。

前回より早く装備が揃ってしまったため、初めてカエル狩りに出る日もズレた。
なんて事だ、おかげで街の外でのエンカウント率が高まってしまったのか。
現時点ではあまり爆裂魔法に耐性の無いアクアが怯えたように、

「ねえ、もう帰りましょうか。今日は日が悪い気がするわ」

「今のは爆裂魔法によるものだ。この街の風物詩だから怖がるな」

　その言葉にアクアが止まる。

「……土木工事のバイトしてた時から気になってたんだけど、あの爆発は誰が起こしているの？　どうして街の偉い人は止めないの？」

「アレを引き起こしてるのはちょっと頭のおかしい子だ。街の偉い人もそんなのと関わりたくないんだろう。……っていうか、カエルが居ないな？」

　いつもはやたらと遭遇するのに、今日はちっともカエルが居ない。

　というか冒険者の姿もあまり見られないが、強いモンスターでも湧いたのだろうか？

　……と、冒険者ギルドの職員達が沢山の担架を抱え平原へ駆けて行く姿が見えた。

　どうやら、どこかの冒険者パーティーが強敵相手に激戦を繰り広げたようだ。

　なら、街の正門で待っていれば職員が担架に乗せて冒険者達を運んでくるはず。

「アクア、今日は一旦街に戻るぞ。そうすれば怪我人が運ばれてくる。そこで怪我した冒険者達を癒やしてやれば……」

「以前カズマさんが言っていた、怪我を治した事を恩に着せて、レベル上げを手伝って貰う案を実行するのね！」

それならアクアを囮にしなくても安全にレベルが上がる。

担架が必要なレベルの重傷冒険者達も癒やされて、皆が幸せになれる素晴らしい案だ！

「たまに俺の幸運値って絶対機能してないだろって思う時があるけど、今日は珍しく仕事したな。後は鍛冶スキルさえ覚えてしまえば」

と、そこまで言いかけた俺は、やはり幸運値がちっとも機能していない事を思い知る。

「あの人達を治せばいいのね！　なるほど、確かに皆重傷ね。一人だけ傷も無さそうな子がいるけれど、魔力切れで動けないのかしら」

担架に乗せられていたのはめぐみんだった。

正確には、傷を負った冒険者パーティーの中に、魔力切れで動けないめぐみんが交じっている。

「アクア、やっぱちょっと待」

「そこの冒険者の人、回復魔法は要るかしら？　今ならお安くしとくわよ！」

俺はアクアを止めようとするも、冒険者パーティーに声を掛ける方が早かった。

ギルドの職員や怪我人達はアクアがプリーストだと気付いたようだ。

「アークプリーストのアクアさん！　それじゃあお願い出来ますか!?　この方達は強力な悪魔を打ち倒してくれたんです。治療費はギルドが持ちますので！」

「悪魔を倒すだなんて立派な行いね！　でもお金は要らないわ。その人達を治療する代わりに、ちょっとだけレベル上げを手伝って欲しいの」

そう言ってアクアがヒールをかけていくと、担架で運ばれていた冒険者達は治療効果に目を見開き、驚きながら担架を降りた。

ダメだ、ポンポン話が進んでいく。

いや諦めるのはまだ早い、今のめぐみんはこのパーティーに所属中だ、なら俺達のパーティーに入ろうとはしないはず！

「それぐらいならお安い御用だ！　あれだけの傷を治してくれたんだ、ドーンと10レベルぐらい手伝ってやるよ！」

リーダーの青年が気軽に請け負い、他のパーティーメンバーも大きく頷く中。

「レベル上げの手伝い、ですか。つまりあなた達は駆け出し冒険者なのですね」

気怠げに体を起こしながら、めぐみんがポツリと言った。

そしてよろめきながらも俺を見据え、口元に小さな笑みを浮かべる。

「見たところ魔法使いが足りていないようですね。くっくっく……。あなた達はとても運がいい。ええ、そこの人はさぞ幸運値が高いのでしょう！」

やめろ、ここでおかしな事を言い出すんじゃない、頼むから仕事してくれ幸運値！

そんな俺の願いも空しく、めぐみんはバサッとマントを翻し声高に名乗りを上げる。

「我が名はめぐみん！　アークウィザードを生業とし、最強の攻撃魔法、爆裂魔法を操る者……！　タイミングがいい事に、ちょうど私はフリーです。この私が加われば、レベル上げなんてお茶の子です！」

「爆裂魔法ですって⁉　やったわカズマ、頼もしいパーティーメンバーが増えたわよ！」

「何でだよ！　お前、そこの人達のパーティーメンバーじゃないのかよ！」

予想外の展開に俺が思わずツッコむと、めぐみんはコクリと首を傾げ、

「この人達は、冒険者ギルドに職員と担架を呼びに行った、ぼっち娘の共闘者ですね。そういえば職員さん達は来たのにあの子だけ帰って来ていませんが、どこかで力尽きているのでしょうか？　……まあ、それはどうでもいい事です」

いやどうでもよくは無いだろう、それゆんゆんの事だろ、気にしてやれよ。

「今後私は、爆裂魔法で大悪魔を倒した事で名声が広がり、どこのパーティーからも引っ張りだこになる事が予想されるのですが……。実は私も駆け出し冒険者でして。お二人とは年も近そうですし、駆け出し同士の方が気が楽でしょう？」

「遠慮しときます」

……………………。

「さあ少年よ、我が手を取るがいい！　さすれば、あらゆる敵を打ち倒す強大な力が手に入るであろう――！」

「――くそったれえええええええええ！」

「「!?」」

魔道具店に意識が戻ると同時に、俺は全力で叫んでいた。

「ちょっと、急に騒がしいわよ泥棒ニート！　一人で二本も使っちゃった事をダクネスに謝りなさいな！」

「そうです、見てくださいダクネスの今の姿を！　最初から皆で話し合えばこんな事にはならなかったんですよ！」

アクアとめぐみんに言われて見れば、猿ぐつわを噛まされ頬を火照らせたダクネスが簀巻きで床に転がされていた。

なぜこうなったのか気になるが、本人はちょっと幸せそうなので触れないでおこう。

そう、そんな事より――！

「コイツ、普段は爆裂魔法にしか使わない脳みそを余計な時だけフルに使いやがって！　一度断られたらそこで諦めるって事を知らないのかよ！」

「な、なぜ私が怒られなければならないのですか⁉　知りませんよそんなもの、別世界の私に言ってください！」

加入を断られためぐみんは、悪魔を倒した事でちやほやされるという予想が外れて後が無くなり、俺達に搦め手を使ってきた。

まずチョロいアクアを陥落し、俺のレベル上げの手伝いに無理矢理同行すると、何の躊躇もなくカエルに呑まれ、そのヌルヌルの体で街中での脅迫を敢行してきた。

そう、その時点でほとんど最初と同じ流れとなったわけだが、その後もダクネスがめぐみんのヌルヌルボディを目撃し――

「さあめぐみん、今度こそどっちがマッチを使うか決めるわよ！　でもボードゲームで決めるのは無しにしましょう。だってめぐみんはズルするんだもの」

「ズルというものはバレさえしなければズルじゃないのです。ルールブックの改ざんに気付いてしまったダクネスは不幸にも簀巻きになりました。アクアも取り押さえるのを手伝ったのですから、さっきのズルはノーカンですよ」

俺が意識を飛ばしている間にろくでもない事をやっていた二人は、互いにどうしても譲れない物があるライバルのように立ち上がる。

アクアの手には俺が持っていたはずのマッチが握られており、意識が無い間に取り上げられたのだと気が付いた。

「ダクネスの簀巻きを手伝ったのはそれで一人脱落するからよ。そしてダクネスさえ脱落すれば、接近戦もこなせるアークプリーストの私が有利になるわ！」

「ほう？　この喧嘩屋めぐみんと呼ばれたい願望のある私に、力による勝負を挑むと？　いいでしょう！　紅魔の里では近接格闘の授業もあったのです、今こそ我が力を」

めぐみんが最後まで言い終える前に俺は片手を突き出した。

「『スティール』」

「「!?」」

俺はアクアからマッチを奪うと迷う事なく火を付けた。

「「ちょっ!!」」

8

真っ白な部屋の中、俺はアクアに告げられた。

「佐藤和真さん、ようこそ死後の世界へ。あなたはつい先ほど、不幸にも亡くなりました。短い人生でしたが」

「あなたの生は終わってしまったのですって言うんだろ、そんなのもう覚えたよ！　これがラストチャンスなんだ、何度もやり直させやがってとっとと進めろ駄女神が！」

最後まで言わせる事なく決めのセリフを先に奪った。

まさか先に言われるとは思わなかったのか、アクアは口をパクパクさせながら、

「わ……わああああああ！　あんたいきなり何なのよ失禁ニート！　偉大なる女神の私が、どうしてあんな面白死したあんたに駄女神呼ばわりされるのよ！」

「うるせー、いいから早くチートを寄越せ！　魔王を倒すために異世界へ送られるんだろ？　持って行くチートアイテムは『魔剣レーヴァテイン』だ！」

最後のマッチを擦った俺は今度こそ間違えない事を自分に誓った。

今回は持てる知識を総動員して最速、最高率で成り上がる。

そう、ゲームで言うところのリアルタイムアタックだ。

「……漫画やアニメの見過ぎじゃないの？　チートなんて知らないわ。私を駄女神呼ばわりしたあなたには、その身一つで異世界に行ってもらいます」

……はあ？

「おい駄女神、俺を怒らせるんじゃない。さもなくばメチャクチャ後悔するぞと見通すカズマが宣言してやる」

「女神を相手に何が出来るの？　あなたこそ『ごめんなさい女神様、私はビックリして漏らした上にショック死したオタニートです』って謝りなさいよ。そうしたらチート能力を渡してあげなくもないわ」

コイツ、足下見やがって。

いや冷静になれ佐藤和真、お前は我慢出来る男のはずだ。

今度こそ最速、最高率でいくと決めたのだ。

「ほら謝って！　早く私に謝って！　さもないと、『おじさんに無条件で愛される能力』とか与えて放り出すわよ！」

「ごめんなさい女神様、私はビックリして漏らした上にショック死したオタニートです」

歯を食い縛りながら棒読みで謝ると、アクアがケラケラと笑い出す。

大丈夫、俺は耐えられる。

コイツを仲間にした際の、これからの人生を思い出せ。

前回なんて酷かっただろう、コイツに惚れてるって思われたんだぞ？

それに比べたらこの程度、まだ耐えられない煽りじゃない！

「プー！　そこまで言うならしょうがないわね、ちゃんとチートを渡してあげるわ。『魔剣レーヴァテイン』が欲しいのね？」

調子に乗りきった表情で、アクアが勿体ぶって言ってくる。

元の世界に戻ったら、絶対本人にやり返してやろう。

「はい、憐れなるニートの私に、どうか神器を授けてください」

「うふふふふっ、さっきまで調子に乗ってたのにペコペコしちゃって！　ねえ、今どんな気持ち？　神様に逆らったらどうなるか、これでよーく分かったでしょう？」

くそっ、どうしてコイツはこれほどまでに分からせてやりたくなるのだろう。

……と、人を煽る才能にだけは溢れたアクアはようやく俺をからかうのに飽きたのか、何も無い空間に手を入れてゴソゴソと探り出した。

どうやらチートアイテムをくれる気になったようだが、この光景は初めて見る。

「さあ、受け取りなさい。これこそがあなたの望んだ神器『魔剣レーヴァテイン』よ！」

念願のチートアイテム入手の瞬間に、俺の胸が熱くなる……！

そう言って真面目な表情を浮かべたアクアが渡してきたのは便所ブラシだった――

――泣きじゃくるアクアを連れてギルドで登録を済ませた俺は、ある男の下へと向かう。

「はい、ここで女神パワー！」

「『セイクリッド・ハイネス・ヒール』！」

アクアが放った回復魔法が膝に矢を受けたおじさんを包み込む。

「ちょっ⁉　いきなり何を……おおっ？」

魔法を受けたおじさんは不思議そうに足を動かすと、徐々に表情が変わっていった。

最初は信じられないという表情から、やがてクシャッと泣き顔へ。

「喜んでいるところを悪いけど、実は頼みたい事があるんだ。俺のレベルを上げて欲しい。上げるレベルは３レベル。それ以上は望まない」

「あ、ああ……。ああ！　そんな事で良ければ喜んで！　というか、この傷をアッサリ治すだなんて、あんたは一体……」

レベル上げを快諾してくれたおじさんはアクアを見上げて小さく呟く。

尋ねられたアクアはドヤ顔で、

「私はアクア。そこのニートに チート代わりにあなたが欲しいと強く請われ、魔王を倒すために降臨した水の女神、アクアよ！」

あなたが欲しいと言った覚えは無いが、おじさんが感動しているので今は我慢だ。

「女神アクア様……ま、まさか本物……？　いや、さすがにそれは……。そ、それじゃあ今からでもレベル上げに行きますか？　俺も、治った膝の具合を確かめたいですし……」

今回のやり直しはトントン拍子に話が進む。

もちろん俺達はおじさんの提案を断るはずもなく、異世界にやって来たその日のうちにレベルを4まで上げるのに成功した——

【やり直し二日目】


慣れ親しんだいつもの馬小屋……ではなく。

レベル上げだけでは対価が足りないと言い張るおじさんの奢りで、俺とアクアは宿屋暮らしを満喫していた。

今のところ、チートがアクアに変わった以外は順調にいっている。

毎回必ずアクアを選ばされてしまうのだが、アイツは絶対に捨てられない呪いのアイテムなのかもしれない。

今日の目標は鍛冶スキルの習得とオイルライターの材料確保だ。

幸いな事に、膝矢おじさんからは当面の生活費まで貰ってしまった。

アクア様への寄進だと言っていたが、今回のやり直しでは無事にアクシズ教に改宗出来たみたいで何よりだ。

……いや、本当に良かったのか？

「変な顔してどうしたの？　昨日は散々だったわね。当分はカエル狩りは行きたくないわ」

昨日はおじさんがカエルを簡単に瀕死にまで追い詰めていたため、自分も余裕だと勘違いしたアクアがカエルに呑まれた。

コイツは何度やり直しても呑まれているが、そういったノルマでもあるのだろうか。

「しばらくはクエストは請けず金稼ぎだ。まずは鍛冶スキルを覚えに行くぞ。その後は貧乏店主さんの魔道具店で販路を確保。材料を買い込んで、後はひたすらライター作りだ」

「何でそんなに要領が良いのか分からないけど、分かったわ。ていうかどんな人かは知らないけど、本人を前に貧乏店主さんなんて呼んだら怒られるわよ？」

俺からすればお前が貧乏店主さんに襲いかからないかが心配なんだが。

——店に入るなりアクアが叫んだ。

「『ターン・アンデッド』ー！」

「ああああああああああ！」

「こ、こらっ！　お前はあれだけ言っといたのにどうして魔法を撃つんだよ！」

店に入る前にも念のためにもう一度言っておくんだった。

今にも消えそうなウィズに向けて、俺は片手を差し出した。

「今にも消えそうな店主さん！　あんた、ドレインタッチは使えるだろう⁉　連れが迷惑かけたお詫びとして、俺が死なない程度に吸ってくれ！」

「ああ……川向こうで昔の仲間達が……」

物騒な事を呟きながらそっと目を閉じるウィズの右手に、俺は慌てて両手を添える。

「おい聞こえるか!? ドレインタッチだ！ でも本当に死なない程度で頼むからな！」

「ドレイン……タッチ……」

既にほとんど意識が無いのか、ウィズがボソボソと呟いた。

こちらの意図を理解したのか、じんわりと魔力と体力が吸われていく。

「ちょっとカズマ、何してんのよ！ その女はリッチーよ、とっとと手を放しなさいな！」

「店主さんはリッチーだけど悪い人じゃないんだよ！ お前はちょっと離れとけ！ そこに居るだけで店主さんがダメージ受けてる！」

——出会い頭に重大な事故があったが、ウィズがどうにか持ち直した頃、俺は胡散臭くならないように気を付けながら商談を持ちかけた。

「そ、それはつまり……。アクア様に浄化されたくなければ、あなたの持ち込む商品を買い取れという事ですね。分かりました、命には代えられません。どうにかしてお金を稼いで、毎月必ず買い取りますので……」

「違う、そんなヤクザのみかじめ料みたいな話じゃない！ 本当に売れる商品なんだ！」

クソッ、初対面だとやり難い！

本来であればウィズと会うのはもっと後だし、出会った場所も墓場だった。

確かに冷静に外から見れば、今の状況はどう見てもヤクザのやり口だ。

「店主さん、どうか俺を信じてください！　これは絶対に儲かるから！　店主さんだから教えるんであって、必ず儲かる話だから！」

「ねえカズマ、今のあなたって投資詐欺を勧める人みたいに見えるわよ」

ちくしょう、どうしてこうなった――！

9

「カズマさん、こちらが今日の分の売り上げです！　いつもありがとうございます！」

「いや、こっちこそいつも助かるよ、ウィズ。毎日オイルライターばかり作って飽きてきたし、そろそろ次の商品も売り出そうか」

未来を知っているので当たり前なのだが、オイルライターは飛ぶように売れてくれた。

あれからしばらくの日にちが経った今ではウィズもすっかりお得意様だ。

俺の背後で獣みたいな目をして威嚇する女神がいなければ、本来の流れの頃ぐらいには親しくなれそうなのだが。

「ところで例の話はどうだった？　あの条件で住めそうかな？」

俺はビクビクと怯えているウィズに、頼んでいた事を尋ねてみる。

「ああ、あのお屋敷ですか！　ええ、大家さんは快諾してくれましたよ。　むしろ、幽霊少女が出ると噂の事故物件なのに、本当にいいのかと……」

頼んでいた事というのは、俺達が拠点としていた屋敷の件だ。

本来であればアクアがやらかして悪霊屋敷と化し、それを除霊する事でタダで住めるようになるのだが、そんなマッチポンプを赦すはずがない。

「あの屋敷に住んでる幽霊は別に悪い子じゃないんだろ？　なら特に気にしないさ。　むしろ、たまに冒険の話をして墓を掃除してやるだけで、こんな破格で住めるなら有り難い」

「どうしてそこまであの子の事情を……。ああ、アクア様がいるなら全てお見通しですよね。分かりました、大家さんから鍵を預かっていますのでこちらをどうぞ！」

本来の流れより大分早いが、これで慣れ親しんだ拠点も手に入れた。

後はひたすら金を稼いで、デストロイヤーを撃退するための資金を貯めるのだ。

今のところは本当に順調だ――

俺とアクアは、受け取った鍵を片手に屋敷へ向かう。

「凄いわカズマさん！　チートも無しでこんなお屋敷に住めるようになるなんて、あんたどうして前世でヒキニートやってたのよ！」

「好きでニートやってたわけじゃない、人は誰しもが心に闇を抱えているものなんだよ」

早速部屋割りを済ませた俺とアクアは家具を揃えるために街へと繰り出す。

ついでにギルドに顔を出し今日の夕食も済ませてしまおう。

「それにしても、今回のやり直しは実に平和だな。毎日筋肉痛になりながら肉体労働に励む必要も無ければ、馬小屋で藁を取り合う事もない。お前だって酒さえ与えておけば大人しくしているし、立ち回りによってはこんな未来もあったんだな」

「なんか軽くディスられた気がするんですけど、お酒さえ貰えれば大人しくしているのは確かね。つまり、私が何を言いたいかは分かるわね？」

コイツ、今日も高い酒を飲ませろって事か。

お前は今のところ全部のやり直しで付いてくる呪いの神器みたいなものなんだぞ。

――冒険者ギルドのドアを開けると、なぜか空気がピリピリしていた。

「聞いたか？　例のヤツに、あのミツルギまでやられたんだってよ」

「マジかよ。ミツルギって言ったら、この街に居るパーティーで一番強いところだろ？」

聞き覚えのない名前が飛び交っているが、強い冒険者が何者かにやられたようだ。

この頃はライター作りに明け暮れてギルドに顔すら出していないので、こんな騒ぎが起きていた事自体知らなかった。

「ちょっとカズマ、とっとと中に入りなさいよ。早くお酒を飲みたいんですけど！」

俺が入り口に立ってるせいでアクアがドア前に詰まっている。

……というか、今の冒険者ギルドは飲んだくれてる空気じゃないな。

「今日のところは他の店に飲みに行こう。なんか取り込み中みたいなんだ」

「ほーん？　まあ私はお酒が飲めればどこでもいいけど。実はちょっと気になってるお店があるのよね。そこの路地裏の奥にある、あまり混んでなさそうな酒場なんだけど」

「あそこはボッタクリで有名なところだぞ。お前があそこに行けば、店主と大喧嘩になる未来が待ってるからな。俺の行き付けの店があるからそっちに行こう」

まあ行き付けとは言っても、今回のやり直しでは初めて行く店なのだが。

――それから。

「この街には超美人の凄腕アークプリーストが居るらしいぞ！　例のヤツへの対抗手段

になる、捜せ捜せ！」

「どこに居るんだよ、凄腕の美人プリースト！　教会は軒並み回ったのに、それらしい人は見付からねえぞ！」

酒場の外から慌ただしい音と共にそんな声が聞こえてくる。

凄腕美人アークプリーストという言葉に俺もその人を捜しに行きたくなるが、今は俺の隣で泥酔し椅子に話しかけている残念プリーストの世話で手一杯だ。

しかしギルドが騒ぎになっているが、あの二人は大丈夫だろうか。

アクアを連れて手助けに行こうかと一瞬悩むが、本来なら俺達がバイトしている間に解決していた騒ぎなのだ、むしろ余計な事をせず静観していた方がいい。

……まあとはいえ、たまにはギルドに顔を出し、定期的に様子を見よう。

「ねえ話を聞いてるの？　私は水の女神なんだからね、真剣に話を聞かないならあなたのお酒を浄化するわよ」

椅子に置かれた花瓶の水を浄化しているアクアを見ながら、様子を見に行く時はコイツは屋敷に置いていこうと心に決めた。

——やり直してからおよそ一月。

冒険者ギルドにやって来た俺は辺りの声に耳を傾けていた。

あれからちょくちょくギルドに顔を出していたのだが、つい先日、アクセルの街周辺に出没していた強い悪魔が倒されたらしい。

前回は魔力切れのめぐみんが担架で運ばれていたし、アイツが関与していたようだ。

悪魔を倒した事でパーティー加入要請が殺到するかと思えば、めぐみんはメンバー募集の掲示板の前で目を閉じて瞑想していた。

どうやら本人は大物感を出して待機しているつもりなのだろうが、場所が場所なだけにもの凄く邪魔になっている。

というか、ギルド職員に注意されすごすごとテーブル席に移動していった。

かと思えば、クエストが張り出されている掲示板で何やら真剣な顔で悩んでいたダクネスが、紙を剝がして受付に向かい職員に説得されている。

一人では無謀ですとかいう職員の声が聞こえてきたので、危険なクエストに挑もうとしているのだろう。

「……うん、やっぱ今回のやり直しは間違ってなかったな」

何も見なかった事にした俺は、ギルドが落ち着きを取り戻したのを見届け屋敷に帰った。

――玄関のドアを開けると酔っ払いに出迎えられた。

「帰ったぞー」

「おかーえり！」

広間のソファーに寝転がり、出掛ける前と全く変わらない体勢のアクアを見ると、やっぱり今回のやり直しは最初から間違っていた気がひしひしと……。

「ていうか、この屋敷ってこんなに広かったかな……？」

アクアと二人きりのせいか、はたまた四人で住んでいた頃に慣れきってしまったためか、やけに屋敷の中が広く感じる。

二回のやり直しでは屋敷を手に入れるところまではいけなかった。

なので、こうして落ち着いて中を見回す事もなかったのだ。

今までのやり直しの中でもたまに顔を合わせるので気がつかなかったが、よく考えたらあいつらとは、体感で三ヶ月ぐらい離ればなれで暮らしているわけだ。

道理で家事当番のローテーションがキツいはずだ。

「ねえカズマさん、家でのんびりするのもいいんだけど、たまにはお外に飲みに行かない？　このお屋敷ってどうにも落ち着かないのよね。三人暮らしには広過ぎだと思うの」

「お前は人が多いところが好きだもんな。まあ、たまには外で……いや、三人暮らしって何だよ。もう一人は誰が居るんだよ、幽霊少女の事言ってんのか」

「あら、私カズマさんに幽霊少女の話はしたかしら？　まあ三人目っていうのはその子なんだけどね。今もカズマの肩の上に乗っかって、組み体操みたいな事しているわ」

いや、そんな変な事してるならやめさせてくれよ。

いつもならあの二人がツッコむとこだが、やっぱり二人きりだと調子が狂うな……。

俺がやり直しのマッチを擦ったのは、もしもの未来を確認するため。

もしチート能力を得られていたら。

もしパーティーメンバーが違っていたら。

どうせ記憶以外は元に戻るんだし、違う未来を見てみたい。

そんな軽い気持ちで擦ったのだけど――

【やり直しの最終日】

今までの体感からするとそろそろマッチの火が消える頃。

俺は寝ぼけ眼のアクアと共に、朝早くから冒険者ギルドへとやって来ていた。

ギルド内を見回すと、目当ての二人はすぐに見付かった。

「ギルドに来るのも久しぶりね！　私、家で飲むお酒も好きだけど、いつも人で溢れてる

ここで飲むのが一番好きだわ！」

「さっきから何度も言ってるが、今日は飲みに来たわけじゃないからな？　こういうのは最初が肝心なんだ、今だけは大人しくしておけよ？」

「ええ、何度も言わなくても分かってるわ。たまには私を信じてちょうだい」

アクアはそう言って、早速メニュー欄にあるアルコールのページを吟味し出した。

こいつは本当に、何度やり直してもちっとも言うこと聞かないな。

……いや、それでも勝手に借金を作ってこないだけ今の方がマシなのか？

メンバー募集の掲示板前では、ダクネスが貼り紙を一枚一枚確認し、目当ての募集が無かったらしくショボンとしながらテーブル席へ向かっていった。

こいつは相変わらず欲望に忠実に生きてやがるな。

……いや、この頃のダクネスはまだ紙一重で品の良さが引っかかってるな。

そして、もう何日食べていないのか、死んだ目をしためぐみんが、目線を掲示板の方に向けながらテーブルに頰をくっつけ、身動き一つ取らずにいた。

こいつはもう、ここで拾ってやらなければ本当に野垂れ死ぬかも……。

ギルドのカウンターに向かった俺は受付のお姉さんから一枚の紙を貰い受ける。

それはパーティーメンバーを募集する際に使う物。

「カズマさんカズマさん、そんなの貰ってどうするの？　あれだけ人を増やすのを嫌がってたくせに仲間を募集するつもり？」

「あの屋敷は広いだろ？　……っていうか、広すぎるんだよ。だから、あと二人ぐらい増えると丁度いいと思わないか？」

俺はそう言って募集条件を書き終えると、掲示板の下に歩いて行く。

本来であればそうなっていたかもしれない別の未来。

でもこいつらの事を知ってしまった今では、その未来は選べない。

隣を通り過ぎる際、俺が持つ募集の紙の内容が見えたのだろう。

二人の目が驚きと共に見開かれ、俺が掲示板の前に立つと、背後で慌てたように椅子を蹴って立ち上がる音がした。

こちらに近付いてくる二つの足音を聞きながら募集の紙を貼り付ける。

『急募！　爆裂魔法が使用可能なアークウィザードと硬くて頑丈なクルセイダーを求めています。以上の条件を満たしていればそれ以外の能力不問。当方、駆け出し冒険者一名に酒飲みアークプリースト一名。魔王を倒す気概のある方はこちらまで――』

そんな、自分で書いたムチャクチャな募集条件をあらためて眺めていると、背後から聞き慣れた声が掛けられた——

10

「……とまあそんなわけで三度目のやり直しでは、結局いつも通りの流れになってお前らと暮らす事になったんだ。後は皆が知るように、アクアは目を離せば借金を作ってくるし、あちこちの団体にウチのめぐみんがすいませんって謝りに回ったし、ダクネスについては昼間から言える話じゃないから省略だ」

これまでのやり直しについて、俺は縛られたまま長々語った。

意識が戻った俺はなぜか簀巻きにされていたのだ。

「あんた、私達の想像以上にやりたい放題やって来たのね。それにいくら何でも短気過ぎでしょう！　私のやった事なんだし、もっと甘やかして広い心で見逃しなさいよ！」

「最後にちょっといい話感出しとけば赦されると思ったら大間違いですよ！　どうしてどのやり直しでも私が飢え死にしかけているんですか！」

「私だけ毎回オマケみたいな扱いなのはどういう事だ！　普段はあれだけエロい視線を向

けておきながら、まるで興味が無さそうなのが腹が立つ！」

簀巻きにされた俺を取り囲み、三人がキャンキャンと吠え出した。

だが、三度のやり直しを終えた今、こうして文句を言われるのすら懐かしい。

コイツらにとっては一瞬だったのかもしれないが、俺からすれば久しぶりなのだ。

だから今日だけは笑顔で聞き流せる余裕がある。

「……ねえめぐみん、カズマさんはどうしちゃったの？　縛られたままニヤニヤしてるんだけど、ダクネスの趣味が移ったのかしら」

「……人を変態みたいに言うなとツッコミたいが、このくらいであればまだまだ余裕だ。

「それはダクネスに失礼ですよ、この男はたまにこんな感じです。興奮しているダクネスでもここまで溶けた顔にはなりませんよ」

……………大丈夫だ、まだ耐えられる。アクアの煽りには耐えられなかったが、まだ……。

「ま、待て、私は普段これに近い顔をしていたのか!?　それはさすがに傷つくのだが！」

……………………。

「うるせーっ！　お前らこそ毎回集まって来やがって、こんなもんやり直しだ、もう一度やり直しをさせろ！　それで、足を引っ張ったりしない素直で可愛い子とパーティー組んで、幸せな冒険生活を送るんだよ！」

　人が黙って聞いてれば、どいつもこいつも好き放題言いやがって！

「この男、マッチ全部使っておいてとうとう逆ギレ始めたわね！　私の輝かしい未来を見るのはどうなったのよ！　こっちこそやり直しさせなさいよ！」

「ダクネス、もうこの男は簀巻きのまま捨ててきましょう。そして私達三人で心穏やかに暮らすんです。幸い生活には困りませんし、たまに皆で冒険に出て、レベル上げしてみたり……」

「そうだな、そんな暮らしも悪く無さそうだ。めぐみん、そっちを持ってくれ。この男が素直に捨てられるはずがない。スティールを使われないよう気を付けるんだぞ」

　簀巻きにされた俺はエビのように跳ねながら非情な仲間達に訴える。

「待てよ、さすがに俺もちょっとだけ悪かった。でも仕方ないだろ、だってお前らポンコツじゃん。揃いも揃ってポンコツじゃん」

「お、お前、この状況でよく私達を煽れるな……」

「この男本当に一体どうしてくれましょうか。今ならちゃんと謝れば赦してあげますよ？」

　俺を投棄しようとしていた二人は、呆れたように言ってくるが。

「おいアクア。ちょっとお前に聞きたいんだけど、家に酒造所から請求書が届いてたけど何やった？」

「酒造所って見学に行くとちょっとだけお酒を飲ませてくれるの。それでちょこちょこ遊びに行ってたんだけど、私が神々しすぎるせいで酒造所の麴菌が浄化されちゃったらしいのよ。これは私の体質だから、多分ちっとも悪くないけど一緒に謝りに行ってくれる？」

まずアクアがワンアウト。

「めぐみん宛てにも冒険者ギルドから請求書が来てたんだけど、何やった？」

「先日、カモネギを沢山倒したじゃないですか？　それで、レベルが一気に上がった事を考慮せず普段通り川にぶっ放したら、爆発の余波で橋が落ちてしまいまして。ですが言わせてもらえば、あの程度で流されるような橋ではいずれ事故が起きたでしょう。なので、私は悪い事をしたとは思っていませんが謝りに行くのに付き合ってください」

めぐみんでツーアウト。

「おいダクネス、家にモンスター拘束用の魔道具が届いたんだけどアレって何に使う気なんだよ。お前、こないだ隷属の首輪でえらい目に遭ったくせに懲りてないのか」

「クルセイダーとは諦めない者、多少の失敗で挫けはしない。何に使うのかは黙秘する」

「黙秘じゃねえよ、アウトだアウト、お前でスリーアウトだコラァ！」

外に運び出されようとしていた俺は、めぐみんとダクネスによって丁重に下ろされた。

誰一人として俺と目を合わせようとしない中、そんな俺達にずっと触れずにいたバニルが作業を止めて口を開く。

「隷属の首輪ほどの物ではないが、お前達にお勧めの拘束系魔道具があるぞ。『絆の契約書』という商品で、これにサインした冒険者パーティーは二度と解散出来なくなる呪いがかかり……」

「誰が要るかそんなもん！　あっ、止めろめぐみん受け取るな！　そんな物騒な物買わないからな！」

めぐみんがホクホク顔で契約書を受け取り、ダクネスがさりげなく金を置く。

止めろ、俺はそんな物にサインする気はないぞ！

「女神は呪われないから、残念だけどその契約書は使えないわね。その代わりと言ってはなんだけど、私達の絆を深める方法があるわ」

アクアがそんな事を言いながら俺を縛っていたロープを解いた。

……もうこの流れだと何を提案するのか分かってる。

「そういえば、実家に極上の威勢エビが届いていたな。アレを幾つか持って来ようか」

「なら私はカズマと共に、川にでも日課を済ませに行きましょうか。エビだけでは足りないでしょうから、我が爆裂魔法で魚を大量に捕獲しましょう」

その口ぶりからダクネスとめぐみんも察したようだ。

「ええ、何度やり直しても結局私達を選んじゃう、ツンデレカズマさんのために宴会しましょう。皆で楽しくお酒を飲んで、請求書の事も今は忘れて、明日からまた頑張るの」

請求書の事を忘れるなと言いたいが、今日は確かに飲みたい気分だ。

なにせやり直した方のアクア達は、今よりちょっとだけ遠慮があった。

今日はコイツらにとって普段と変わらない一日だったのだろうが、俺にとっては結構な時間を離れて過ごしたに等しいのだ。

拘束を解かれた俺がしょうがないなとばかりに立ち上がる。

そして何度やり直しても宴会好きなところだけは変わらない、アクアが叫んだ。

「じゃんじゃん飲むわよー！」

あとがき

このたびは、このすば短編集よりみち3回目！　をお買い上げいただき、ありがとうございます。

今までのよりみちは過去に書かれた特典などを収録した物でしたが、今巻は全て書き下ろしとなっております。

というのも、この本が出版される頃には『この素晴らしい世界に祝福を！』シリーズが十周年を迎えているはずなので、その記念みたいな感じになります。

２０１３年の10月１日に一巻が発売されたこのすばですが、読者の皆様にはこうして十年もの間お付き合い頂き、感謝の言葉しかありません。

今巻についてですが、時系列的にだいぶフワッとしております。

このすばは巻毎の物語の間隔をかなり詰めて書いているので、こういった短編が書き難かったりしますが、原作七巻以降のお話と捉えて頂ければ。

相変わらずまとまりの無いわちゃわちゃした巻となっておりますが、いつものこのすばの日常回です。

書き上がった物を読み返してみると、ネットで連載していた頃からこいつらちっとも成長してないなという感想しかありませんが、久しぶりに書くカズマ達はやはり書いてて楽しいので、またこういった短編集を出せたらいいなと考えております。

——そして話は変わりますが、テレビアニメの第三期の放送年が発表されました！

まだ詳しい放送月日は分かりませんが、２０２４年放送だそうです。

久しぶりのアニメこのすばですが、そちらの方もぜひ楽しみにして頂ければ！

——というわけで今巻も、三嶋先生と担当さん、そして様々な方の力のおかげで刊行する事が出来ました。

この本でプロ作家歴十年になるのに、未だあちこちにご迷惑をおかけしておりますが、こうして皆様の下に届けられた事にお礼を言いつつ。

そして何より、この本を手に取っていただいた全ての読者の皆様に、深く感謝を！

暁　なつめ

"ATOGAKI"
やっぱ…
無理だなァ…
マッチで
やり直してる
カズマさん
ぐがー～

この素晴らしい世界に祝福を！ よりみち３回目！

著　暁 なつめ

角川スニーカー文庫　23841

2023年10月１日　初版発行

発行者　山下直久

発　行　株式会社KADOKAWA
〒102-8177 東京都千代田区富士見2-13-3
電話　0570-002-301（ナビダイヤル）

印刷所　株式会社暁印刷
製本所　本間製本株式会社

Printed in Japan　ISBN 978-4-04-114186-1　C0193

★ご意見、ご感想をお送りください★

〒102-8177 東京都千代田区富士見 2-13-3
株式会社KADOKAWA　角川スニーカー文庫編集部気付
「暁 なつめ」先生「三嶋くろね」先生

角川文庫発刊に際して

角川源義

第二次世界大戦の敗北は、軍事力の敗北であった以上に、私たちの若い文化力の敗退であった。私たちの文化が戦争に対して如何に無力であり、単なるあだ花に過ぎなかったかを、私たちは身を以て体験し痛感した。西洋近代文化の摂取にとって、明治以後八十年の歳月は決して短かすぎたとは言えない。にもかかわらず、近代文化の伝統を確立し、自由な批判と柔軟な良識に富む文化層として自らを形成することに私たちは失敗して来た。そしてこれは、各層への文化の普及滲透を任務とする出版人の責任でもあった。

一九四五年以来、私たちは再び振出しに戻り、第一歩から踏み出すことを余儀なくされた。これは大きな不幸ではあるが、反面、これまでの混沌・未熟・歪曲の中にあった我が国の文化に秩序と確たる基礎を齎らすためには絶好の機会でもある。角川書店は、このような祖国の文化的危機にあたり、微力をも顧みず再建の礎石たるべき抱負と決意とをもって出発したが、ここに創立以来の念願を果すべく角川文庫を発刊する。これまで刊行されたあらゆる全集叢書文庫類の長所と短所とを検討し、古今東西の不朽の典籍を、良心的編集のもとに、廉価に、そして書架にふさわしい美本として、多くのひとびとに提供しようとする。しかし私たちは徒らに百科全書的な知識のジレッタントを作ることを目的とせず、あくまで祖国の文化に秩序と再建への道を示し、この文庫を角川書店の栄ある事業として、今後永久に継続発展せしめ、学芸と教養との殿堂として大成せんことを期したい。多くの読書子の愛情ある忠言と支持とによって、この希望と抱負とを完遂せしめられんことを願う。

一九四九年五月三日